tredition®

www.tredition.de

AF216844

Frank Zipfel

Kein Platz zum Schlafen

www.tredition.de

© 2015 Frank Zipfel

Verlag: tredition GmbH, Hamburg

ISBN
Paperback: 978-3-7323-6616-3
Hardcover: 978-3-7323-6617-0
e-Book: 978-3-7323-6618-7

Printed in Germany

An Stelle eines Vorwortes

Es gibt Momente im Leben von Menschen, die sind unwiederbringlich. Dass sie das sind, spürt man in den Momenten meist nicht. Wichtig ist aber, dass man solche Erfahrungen gemacht hat, damit man später, in seinen Träumen am Tage und in der Nacht nicht allein ist. Ich möchte mich bei Mona bedanken, die bereit war, mit mir in diesem Sommer einige unvergessliche gute und schlechte Erfahrungen zu machen.

Kein Platz zum Schlafen

Es war schon um zwei und immer noch keine Post da. Und das Heute, wo ich krank gemacht habe, was aber aufgrund meiner schlechten schauspielerischen Leistung nur für einen Tag gereicht hat. Seit ca. 10:00 Uhr laufe ich nun schon jede Stunde zu dem beschissenen Briefkasten runter und hoffe, endlich meinen täglichen Brief von Mona zu bekommen. Mona musste mit ihren weiblichen Mitschülern nach Berlin, einen dieser blödsinnigen Sozial- oder Ersthelferkurse machen, die man eben machen muss, wenn einem was dran liegt, das Abi zu machen. Sie war siebzehn Jahre alt, Schülerin der Abschlussklasse der Penne (EOS), korrekt gesagt; Erweiterte Oberschule. Wir waren ungefähr neun Monate zusammen. Ich wusste noch nicht so richtig, wie man sich anstellt, wenn man fest zusammen ist. Sie hatte blonde Haare. Ich stehe auf blonde Haare. Außerdem sah sie recht niedlich aus und irgendwie war es für mich schon eine Genugtuung, dass sich eine zukünftige Abiturientin mit mir abgab.

Ich war eher ein einfacher Typ mit durchschnittlichem Aussehen, durchschnittlicher Größe, eigentlich war alles an mir Durchschnitt. Ich war fast mit meiner Schlosserlehre fertig. Mir war damals ganz wichtig, niemals als Schlosser arbeiten zu müssen. Am besten einen Job wie Klubhausleiter, Kneiper oder so etwas. Manchmal hielt ich mich für etwas schlauer als die anderen, dachte zumindest, dass die anderen Typen nicht weiter und vor allem nicht tiefer nachdachten. Viel nachdenken, lesen und grübeln, tat ich schon. Irgendwie fühlte ich mich überlegen, was natürlich vollkommener Quark ist. Vielleicht suchte ich auch nur nach irgendeiner Bedeutung für mich.

Mona musste sich oft mein arschloses Gesabber über das Leben, die Welt und so anhören, was sie ja auch geduldig tat, aber eigentlich wollte sie nur einen normalen Freund haben. Ich nahm mich viel zu wichtig und wollte vor ihr ständig auf den Putz hauen.

Plötzlich hörte ich im Treppenhaus Geräusche. Es war jemand am Briefkasten. Ich lief runter und richtig, da stand dieser Schüler mit Ferienjob und quetschte sehr dilettantisch die Briefe in die Schlitze. Bei mir brauchte er sich nicht zu bemühen. „Warum kommst du Clown so spät?" fragte ich, ohne eine Antwort zu wollen, die ich dann aber trotzdem prompt bekam: „Die haben mir eine Route gegeben, die ich gar nicht kenne." „Naja, sagte ich, morgen weißt du dann aber Bescheid, sonst bekommst du ein paar auf die Glocke."

Ich lief nach oben in den zweiten Stock und riss das Kuvert auf. Als erstes las ich den Schluss,

„Deine liebe Mona". Das las sich irgendwie gut, man hatte also einen Menschen, der einen lieb hat. Was sie sonst so schrieb, war eher belanglos. Sie freute sich auf unsere gemeinsame Tour nach Budapest und hatte Bedenken, ob wir denn überhaupt genug Geld dafür zusammen bekämen. Budapest war schon eine riesige Sache für uns, da wir bis dahin kaum von zuhause wegkamen. Wir wohnten beide noch bei unseren Eltern. Ich wohnte mit meinen Eltern in einer 3-Raumwohnung eines Neubaublockes. Damals war eine Neubauwohnung für DDR-Verhältnisse schon etwas Erstrebenswertes. Man hatte fließend Kalt- und Warmwasser und brauchte keinen Ofen heizen. Mein Zimmer war ziemlich klein, ca. 10 qm. Zuhause hielt ich mich möglichst selten auf, denn mit meinem Vater kam ich nicht klar. Es war nicht so, dass der sich nicht korrekt verhalten hätte, nein, er war irgendwie für mich ein Fremder, wie ein Fremdkörper, der einen beobachtet und nicht in Ruhe lässt. Mit meiner Mutter kam ich gut klar, die war eher einfach. Mein Vater war auch nur am Wochenende und am Mittwoch in Dessau. Er arbeitete als angestellter Jurist irgendwo, wofür ich mich nie interessiert habe und blieb an den anderen Tagen dort in einer Dienstwohnung. Das waren für mich gute Tage. Mit meiner Mutter und oft mit Tante Traute sahen wir dann allen möglichen Quark im Fernsehen, Peter Alexander Show, Der Große Preis oder andere Westsendungen. Nach einem Tag im Betrieb, wo man sich voller Widerwillen hingeschleppt hat, sollte es am Abend ja auch eine Belohnung geben und das war meistens Fernsehen.

Mit meinem Bruder, der wohnte irgendwo in Berlin, hatte ich kaum Kontakt, der war acht Jahre älter als ich und vollkommen das Gegenteil von mir. Ich war eher Nihilist und gefiel mir langsam in der Rolle des Versagers, der ja so unverstanden und tiefsinnig ist. Meine Haare sollten möglichst lang wachsen, möglichst schnell, damit dies auch durch mein Äußeres klar angesagt war.

Heute war wieder so ein Scheißtag im Waggonbau, wo man jede Minute auf die Uhr guckt, um endlich wieder frei zu sein. Da rettet man sich vom Frühstück zum Mittag und dann zum Feierabend. Dann sollte man duschen, was ich aber heute unterlassen habe, wollte dann zu Hause in die Wanne. Ich fuhr also mit dem Bus vom Betrieb bis zum Bäcker, der in der Nähe von unserer Wohnung war. Ein Brötchen oder so was, irgendwas gegen mein Magengrummeln. War aber schon alles ausverkauft. Dann ging ich die Straße runter, vorbei am Schnapsladen, wo ich immer die gleiche Frage stellte: „haben Sie Dreizwanziger oder Alte Juwel?" zwei- von fünfmal hatte man auch Glück und bekam als Antwort:

„Ja, aber nur zwee, junger Mann." Es war egal, welche Sorte, F6, Cabinett oder Semper, Hauptsache gute Zigaretten. Diesmal hatte ich Glück, aber leider nur Geld für eine Schachtel, verfluchte Scheiße. Während ich noch grübelte, ob es Sinn macht, zu Hause meine Mutter, um Geld zu fragen, war ich auch schon angekommen. Ich schloss die Tür auf und wollte erstmal einen gemütlichen Feierabendschiss auf dem Klo zelebrieren, da hörte ich schon meine Mutter rufen, „Komm mal her, hier sind zwei Herren von der Armee, die wollen dich was fragen." Zwei Herren von der Armee, was war das schon wieder für gequirlte Scheiße. Ja, nicht mal dazu kommt man, dachte ich mir. Ich ging also in unsere „gute Stube", die bis auf ein paar kleine Ausnahmen genauso aussah wie die Stuben der anderen Leute in meiner Stadt. Vor allem die Schrankwand und den Esstisch mit den obligatorischen vier Stühlen im Wohnzimmer hatte eigentlich jeder. Und da saßen dann die zwei Knallfrösche, fett und faul am Tisch und tranken Kaffee. Für mich gab es keinen mehr. „Wir haben gehört - Junge, du bist interessiert an einem Studium bei der Armee.", „Ja, vielleicht.", antwortete ich. „Naja, jedenfalls biste ja nach dem Sommer mit deiner Lehre fertig, stimmts?" „Ja...", „Und dann soll es ja irgendwie weitergehen. Man will ja nicht stehenbleiben, oder?" „Ja", „ Also, jedenfalls kannst du dann am 1. August gleich mit dem ordentlichen Leben beginnen und meldest dich in Eggesin auf der Dienststelle, dann geht es erstmal zur Grundausbildung." Ich dachte mir andauernd, was labbert der da rum, der soll endlich abhauen und seinen fetten Kollegen mitnehmen, damit ich endlich, im wahrsten Sinne des Wortes, zu Potte komme. „Die Haare müssen dann natürlich ab, die Gammellei hat dann ein Ende, was Frau Rüttel?!" Der Kerl sah meine Mutter an, die eine Frau war, die gut durchs Leben kommt, aber eher von schlichtem Gemüt. Meine Mutter lächelte also, wie befohlen und wusste wohl auch nicht recht, was das Ganze solle. Sicher hätte sie am liebsten wie immer meinen Vater angerufen, aber das ging ihr wohl alles zu schnell und dann immerhin die Uniformen. Ich dachte mir immer, wie schnell ich die beiden verprügeln könnte und wie die Beiden dabei nach Luft schnappen würden. „So, Junge, du bekommst das natürlich alles noch schriftlich für die Ordnung, aber du weißt jetzt schon, dass du für den August einberufen bist." „Haut endlich ab.", dachte ich mir. Es ist schon komisch, wie schnell ich in diesen Tagen alles Unangenehme verdrängt habe.

Schon auf dem Klo hatte ich die Figuren von eben vergessen. Meine Mutter sprach mich an: „Freddi, wollen wir Vater anrufen?" „Ne, lass ma, wird sich klären." Ich ging in die klitzekleine Küche, guckte in den Kühlschrank, ob irgendwas Gutes drinne war, war aber nich. „Scheiße!" Also wieder Eier mit rangeschnibbelter Salami und eine Scheibe Brot, auch gebraten mit nem Loch in der Mitte, wo das Eigelb reinkam. „Na, gut", dachte ich mir. „Gehen wir zu Tante Edeltraut runter, heute kommt Dalli Dalli?", rief ich in Richtung Stube. „Na gut, machen wir."

Noch ungefähr 12 Stunden bis zum nächsten Aufstehen für den Scheiß Waggonbau.

Am Freitag kam dann endlich Mona aus Berlin zurück. Ich konnte nie so recht zeigen, wenn ich mich über etwas sehr gefreut habe, was auch diesmal so war. Wir gingen in die Stadt. Am Sonntag war Abfahrt und wir wollten noch was für die Fahrt holen und weil es was Besonderes sein sollte, holten wir aus dem „Fress-Ex" eine Flasche Rotwein. „Fress-Ex" waren Geschäfte, wo es angeblich bessere Lebensmittel aber vor allem teurere gab. Na, ja, Scheißegal, zwar hatten wir wenig Geld, aber einen kleinen Hauch von Exklusivität wollten wir uns schon leisten. Am Freitag gegen späten Nachmittag gingen wir noch zur Polizeimeldestelle, um unser beantragtes Visum für Ungarn abzuholen. Wir gaben an, dass wir 4 Wochen bleiben wollten, damit wir pro Tag 30 Mark umtauschen hätten können. Geld hatten wir aber nur für ca. 10 Tage. Wir mussten also einen Schlafplatz in Budapest finden, der fast umsonst oder besser noch, gar nicht kosten sollte. Zur absoluten Not hatte ich noch ein kleines Kinderzelt mit. Die Fahrkarten für den Zug hatte ich schon gekauft, die waren zu meiner Verwunderung recht billig.

Am Sonntag sollte es also losgehen. Unser Zug würde gegen 18:00 Uhr von Leipzig Hbf. nach Budapest „Nygati-Pu" fahren. Vorher mussten wir noch den Bummelzug von Dessau nach Leipzig nehmen. 15:00 Uhr fuhren Mona und ich endlich von unserer Stadt nach Leipzig.

Im Zug saßen wir nebeneinander, engumschlungen. Ich freute mich auf das „Abenteuer", Mona war wohl vor allem gern bei mir. Wir hatten jeder einen einfachen Rucksack aus derben Stoff, e-her so eine Art Anglerrucksack. Monas war ein wenig kleiner als meiner, aber beide Rucksäcke hatten Leder-trageriemen, die wir in den nächsten Tagen noch schmerzhaft spüren sollten. Auf dem Rucksack hatten wir unsere geborgten Schlafsäcke zusammengerollt und festgebunden. Außerdem schleppte ich noch das Kinderzelt mit mir rum.

In Leipzig stand unser Zug „Panoniaexpress" schon zur Abfahrt bereit. Wir waren ungefähr eine Stunde zu früh, konnten uns also in aller Ruhe ein Abteil suchen. Schließlich nahmen wir am Fenster Platz und verstauten unsere Rucksäcke. „Wenn jetzt aber welche mit Platzkarten kommen?" fragte Mona. „Für den Zug hat keiner Platzkarten.", antwortete ich eher mehr hoffend als wissend. Der Zug wurde voller und voller, nur unser Abteil blieb noch leer, noch. „Da kommen welche." „Wo?" „Na, da vorne, eine ganze

Meute." Ich sah sie jetzt auch, eine Gruppe von ca. zehn Schülern oder Studenten. Die kamen auch zielgenau auf unseren Waggon und schließlich auf unser Abteil zu. „Wenn die jetzt Platzkarten haben, was dann?", fragte Mona sorgenvoll, denn bis Budapest waren es günstigstenfalls zweiundzwanzig Stunden Zugfahrt. Dann stand der junge Kerl vor mir, hinter ihm noch 4 Mädchen und zwei Jungs und zeigte auf unsere Plätze. Dabei sprach er allerdings ungarisch, deutsch konnte keiner von denen, wie ich annahm. „Der versteht uns nicht, wir stellen uns blöd und behaupten dass wir auch Platzkarten hätten." Mona meinte nur: „Dann holen die den Schaffner." „Mal sehen." sagte ich. Der Junge gestikulierte wild und wollte „unsere" Plätze. Wir mimten Unverständnis und taten so, als ob wir rechtmäßig hier sitzen würden. Mona hielt sich zurück, denn ich war der „Schauspieler".

Jedenfalls quetschten sich die jungen Leute neben uns hin und sahen uns dabei verächtlich an, was mir so ziemlich Wurscht war, Hauptsache sitzen. Natürlich war diese Situation sehr gefährlich, da wir davon ausgehen mussten, dass jeder Besuch des Klos den Verlust des Sitzplatzes bedeuten würde. Aber wir hatten gesunde junge Blasen. Die ungarischen Jugendlichen nahmen uns kaum zur Kenntnis, sprachen uns während der gesamten Fahrt nicht einmal an, was vielleicht auch an unserem Aussehen lag. Wir hatten beide unsere DDR Jeansoutfit an, „Jesuslatschen" ich „Tramperschuhe" Mona. Meine auf Westen getrimmte DDR Jeansjacke war noch nie gewaschen. Mona hatte immerhin eine schwarze West-Cordjeansjacke. Beide trugen wir karierte Hemden. Eine Uhr oder sonst welchen Schmuck hatten wir nicht. Mona trug langes blondes natürliches Haar und ich versuchte auch mein Haar trotz der blöden Locken wachsen zu lassen. Ich war ein kleines dünnes Männchen von ungefähr

60 kg, Mona wog höchstens 50 kg. Essen war uns damals nicht so wichtig, Zigaretten schon. Allerdings heben wir beide nie Lunge geraucht, was viele unserer Leute für rausgeschmissenes Geld ansahen.

Der Zug fuhr also los, aus dem Zugfenster sah man die Sonne wie einen großen roten Kreis langsam untergehen. Der nächste Haltepunkt war Dresden. Das einzig Gute war, dass nun keiner mehr in unser Abteil zusteigen konnte. „Wenn der Schaffner die Fahrkarten kontrollieren kommt, fliegen wir sowieso raus." meinte Mona. Aber zu unserer Verwunderung kam kein Schaffner auf deutscher Seite mehr. Aus dem Fenster des Zugabteils konnte man sehen, wie sich die Elbe unten durch das Elbsandsteingebirge schlängelte. Ich musste kurz daran denken, wie ich als kleiner Piefke ein- oder zweimal mit meinen Eltern in einem Ort nahe von Bad Schandau

Urlaub gemacht habe. So schlecht war das damals gar nicht gewesen, aber jetzt hat das richtige Leben angefangen.

Kurz hinter der deutschen Grenze hielt der Zug wieder und wir wussten auch warum. Der deutsche und tschechische Zoll kam und kontrollierte die Ausweise. Irgendwie hatten wir beide Schiss. Plötzlich wurde die Abteiltür aufgerissen und zwei deutsche Zöllner schmetterten wie Schlagersänger ihren Spruch: „Die Pässe, bitte." uns entgegen. Die ungarischen Jugendlichen waren nun auch sehr still, wir warteten, aber weiter passierte nichts und plötzlich fuhr der Zug weiter. „War es das jetzt?" fragte Mona, „denke schon", antwortete ich. Der Zug wurde schneller und fuhr Richtung Budapest durch die Nacht. Für mich war das alles schon aufregend.

Im Zuggang standen ungefähr fünf bis sechs junge russische Rocker, ständig am saufen und rumkrakelen. Mittlerweile trauten wir uns aufzustehen und auch auf das eklige Zugklo zu gehen, was vollgepisst und stinkend Eile anmahnte, wenn man drinne war. Die ungarischen Jugendlichen hatten sich anscheinend damit abgefunden, dass wir penetranten Deutschen unseren Platz verteidigen würden bis zum letzten Blutstropfen, wie es für einen Deutschen sich gehört. Als ich wieder zurück in unser Abteil kam, sah mich Mona an, „Ich habe Migräne, es ist zum Kotzen, schon wieder…", mit dieser beschissenen Migräne musste Mona seit ihrer Jugend, wahrscheinlich ausgelöst durch die Einnahme der ersten Antibabypillen, zurechtkommen. Was die Sache für Mona noch unangenehmer machte, war das ständige Ruckeln des Zuges auf den schlechten Gleisen und das Gejohle der jungen Russen, die beim Saufen kein Ende fanden, was für eine Kondition. Dazu kam das ständige Aufreißen der Abteiltür, das genauso laute Schließen derselben, die lauten Gespräche der

Reisenden und die sehr unbequeme Schlafposition im Sitzen.

„Gib mir bitte eine, ne besser gleich zwei Tabletten, es wird sonst noch schlimmer." Ich machte mir Sorgen, wenn Sie so viel Tabletten nahm, aber die Schmerzen ließen ihr keine Wahl. „Wir sind schon bald an der ungarischen Grenze. Ich bleibe eine Weile im Gang am Fenster stehen, dann kannst du es dir ein bisschen bequemer machen." Sie nickte nur schwach und hoffte auf ein schnelles Wirken der Tabletten.

Draußen wurde es schon hell. Ich bekam gute Laune, obwohl ich mir dreckig, hungrig und schlapp vorkam. Ich kramte die Zahnbürste aus dem Rucksack und ging mich auf dem Zugklo ein wenig frischmachen, was eher zu einer Selbstbeherrschungsübung wurde, um nicht zu kotzen. Plötzlich hielten wir und der Zug blieb fast eine Stunde auf dem Bahnhof von Bratislava stehen. Draußen gingen tschechische Zöllner und ich glaube auch ungarische hin und her. Dann fuhr der Zug weiter und das ohne Kontrolle. Die dachten bestimmt, die abgewetzten Penner im vollgepfropften Zug kontrollieren, tun wir uns nicht an. Es war mittlerweile später Vormittag. „Wollen wir einen Happen essen und was trinken?" Mona schüttelte nur den Kopf und sagte: „Aber es geht schon ein bisschen besser." Das sagte sie oft und bestimmt, damit ich mich besser fühlte. Der Zug fuhr irgendwie langsamer, kam aber voran. Im gesamten Zug war es ein wenig ruhiger geworden. So eine Nacht schlaucht doch ganz schön. Selbst die Russen saßen im Gang herum und konnten anscheinend hervorragend ihren Rausch auspennen. „Vielleicht ist das die beste Art zu reisen." dachte ich mir, erinnerte mich aber an die fürchterlichen Kopfschmerzen nach meinen Besäufnissen. „Ne, eine solche Russensauferei hätte ich wahrscheinlich nicht überstanden." Ich saß wieder neben Mona. „In drei Stunden, also am frühen Nachmittag, müssten wir ankommen." Mona nickte nur und zwang sich ein Lächeln ab.

Dann fuhr der Zug in den ungarischen Westbahnhof ein. Es ertönte die typische Melodie durch die Bahnhofslautsprecher, die von den jugendlichen Ungarn amüsiert nachgemacht wurde. Die waren bestimmt heilfroh, den Zug verlassen zu dürfen und wieder in ihrem wunderschönen Budapest zu sein. Wir waren es auch und stiegen nach den vielen Strapazen der Nachtfahrt geschlaucht aber erleichtert aus dem Zug aus. Was uns empfang war ein quirliges Treiben, wie wir es noch nicht kannten. Selbst Berlin war dagegen irgendwie ruhig.

Aber, obwohl wir noch keinen Meter gelaufen waren, empfanden wir schon die schwere Last unserer Rucksäcke.

Mona sah mich an und erwartete von mir irgendeinen Plan, den ich so nicht hatte. „Und jetzt?" „

Wir gehen erstmal aus den Bahnhof." Draußen war absolut noch der Teufel los.

Diese Stadt lebte und war ja auch irgendwie die einzige Hauptstadt des Ostens, die ein wenig Westflair hatte. Wir setzten uns auf eine Bank vor dem Bahnhof und wollten unsere Rucksäcke loswerden. Plötzlich kam mir die Idee: „Wir suchen uns ein Schließfach für unsere Rucksäcke und dann gehen wir mit unseren Schlafsäcken und dem Kinderzelt auf die Margareteninsel, vielleicht kann man da irgendwo versteckt im Freien pennen." „Na, los." meinte Mona. Dann sahen wir die große Anzahl der Schließfächer im Bahnhof und waren noch sehr optimistisch, ein Schließfach zu bekommen. „Verfluchte Scheiße", alle Schließfächer waren belegt. Wir mussten also die Schließfächer im Auge behalten und hoffen, dass Jemand kam und eines frei wurde. Anscheinend dachten noch andere genau wie wir, weshalb wir auch noch diese Typen im Auge behalten mussten, um schneller zu sein.

Auf diesem Bahnhof gab es einige Annehmlichkeiten in Form von Automaten, die mit für unsere Augen sehr erstrebenswerte Leckereien aufgefüllt waren. Wir leisteten uns daraus gemeinsam einen heißen Kakao und ein Backhörnchen. Beides ungeheuer lecker, aber für uns war jeder Forint wie Westgeld, also für Essen und Trinken auszugeben, fast zu Schade. „Das wir hier nichts mehr." sagte Mona und ich sah es genauso.

Diese Schließfächer sollten für unseren Budapesttrip eine ständige Herausforderung bleiben. Ab und zu hatten wir Glück und konnten unsere Rucksäcke, die ein wenig schwerer von Tag zu Tag wurden, dort abstellen. Dann waren wir im wahrsten Sinne des Wortes erleichtert. An unserem ersten Tag hatten wir kein Glück. „Am besten wird es sein, wenn wir, bevor es dunkel wird, zur Margareteninsel gehen, vielleicht können wir da irgendwo unser Zelt aufstellen." „Wie weit ist das denn und wo lang müssen wir gehen?" Ich wusste weder die eine noch die andere Antwort zu geben. „In Richtung Donau müsste logisch sein." Wir liefen also los und zu unserem Glück auch noch in die richtige Richtung. Mona tat mir leid. Erst diese schreckliche Zugfahrt und dann noch die Scheißmigräne und nun das Schleppen des Rucksackes in Richtung eines ungefähren Ziels. Aber sie war tapfer.

Plötzlich sahen wir die Donau, was ein erhebender Moment für uns Beide war. Die Margareteninsel direkt vor uns. Unsere Stimmung wurde besser. Es war aber noch eine elende Latscherei bis wir endlich auf der Insel drauf waren.

Die Margareteninsel war schon geil. Die Budapester konnten mitten in der Großstadt mal schnell ins Grüne. Es war eine kleine Imbissbude ziemlich am Anfang der Insel, die war aber schon zu, schließlich war es mittlerweile gegen 19:00 Uhr. Ein bisschen weiter sahen wir dann eine größere Selbst-bedienungsgaststätte. Wir hatten keinen sehr großen Hunger, waren zu aufgeregt, aber vor allem wollten wir an unsere paar Piepen nicht gleich am ersten Tag ran und schon gar nicht für Essen. Wir erinnerten uns an die Flasche Wein und suchten ein ruhiges Plätzchen zum Kuscheln und Trinken. Irgendwie kam es dann zum Streit, der meistens von mir Arschloch ausging. Ich stand auf und ging weg, ohne Mona zu sagen, wohin. Der reinste Psychoterror von mir. Wie muss sich Mona gefühlt haben? Da ging ich durch den Park und bereute alles schon sehr schnell, suchte Mona, fand sie auch und wir versöhnten uns wie so oft. Wir setzten uns auf eine Parkbank vor der Gaststätte. „Wo wollen wir denn hier schlafen?", fragte Mona, „Irgendwo auf der Insel versteckt hinter einem Gebüsch." meinte ich. „Na, dann suchen wir mal." „Ja, ich habe vorhin einen Kinderspielplatz gesehen, wo viel Gebüsch drum herum war, da könnten wir es versuchen." Der Kinderspielplatz auf der Insel war nicht weit weg.

Mittlerweile wurde es schon dunkel, aber wir hatten Vollmond. „Soll ich das Zelt aufbauen?" „Wenn du es hinkriegst." Ich baute das Zelt am Rande des bewachsenen Spielplatzes auf. Besser gesagt, ich versuchte es, aber die Zeltstange war kaputt. „Hast du das denn nicht vorher überprüft?" Das war die Art von Mona, die mich leider immer auf die Palme brachte, aber wir hatten ja gerade einen Streit überstanden, also hielt ich die Schnauze. „Ich habe zuhause nicht gesehen, dass die Zeltstange kaputt war. Ich versuch das trotzdem hinzukriegen." Ich fummelte an dem Zelt herum, brachte es auch zum Stehen. In der Nacht fiel es dann aber auf uns drauf. Wir krabbelten raus und legten uns in unsere Schlafsäcke. Es war so warm, dass wir bald völlig frei auf den Schlafsäcken lagen. Irgendwie brachten wir die Nacht rum.

Es wurde hell und es fuhren schon die Gärtnerfahrzeuge herum. Wir mussten aufstehen. Irgendwie bekam ich gute Laune. Ich mag den freien Morgen, wenn ein heißer Sommertag beginnt und man hört vereinzelt Geräusche aus der Ferne. Aber erst mal weg mit dem Scheißzelt. Ich schmiss es ins Gebüsch. „Wenigsten ein bisschen weniger zu tragen.", meinte Mona. „Wo können wir uns hier waschen? Und ich muss auch auf das Klo." Wir packten unsere Sachen zusammen, suchten die Zahnbürsten und ein Stück Seife heraus und gingen in Richtung zum Ausgang der Margareteninsel. In der Nähe der Gaststätte von gestern war eine Toilette. Also machten wir uns ein wenig frisch und bekamen Hunger. Wir liefen los, wieder den Weg zurück zu Bahnhof, um heute vielleicht ein Schließfach zu ergattern.

Auf den Weg zum Bahnhof begann die Stadt zu erwachen. Es war wohl erst kurz nach sieben, aber ein Lebensmittelladen hatte schon auf. „Komm wir holen uns was." meinte ich. „Ja, langsam bekomme ich auch Hunger." Mona ging durch die Reihen des Lebensmittelladens, holte Milch im Folienbeutel. Ich holte ein paar Hörnchen. „Was is`n das hier" Mona zeigte mir ein paar kleine Röllchen, gold, rot und weiß. Wir sahen das Bild einer Kuh darauf, also nahmen wir die mit. Diese Hörnchen, Milch und Schmelzkäse, wie sich rausstellte, sollten unsere hauptsächliche Mahlzeit in den nächsten zwei Wochen sein. Wir setzten uns auf eine Bank vor dem Laden und jeder Quetschte sich etwas von einer bevorzugten Geschmacksrichtung des Schmelzkäses auf die Hörnchen und tranken dazu von der Milch. Mit der Milch bekleckerten wir uns immer, weil es eine Kunst war, Milch aus einer Folientüte zu trinken, eine saublöde Erfindung.

Die Stadt wurde immer lebhafter. Auf dem Weg zum Bahnhof standen die alten Wohnhäuser, alle um 1900 gebaut. Viel interessanter war aber der typische Innenhof. In diesen Innenhöfen gab es immer zwei bis drei kleine hübsche Geschäfte, wo man meistens Klamotten kaufen konnte. An der Straßenseite waren die Schaufenster der Geschäfte angebracht, die voll waren mit Klamotten und anderen Kram. Und es waren auch, was das Wichtigste war, ein paar Fake-Westklamotten dabei. „He guck mal ein Shirt mit University of Vermont drauf." „Wo?" „Na da, du Blinder." Tatsache, es war also endlich möglich, wenn man die Augen aufmachte, ein paar Klamotten zu bekommen, die zuhause für Bewunderung, bestenfalls Neid sorgen würden. Mona war genauso geil auf Klamotten, die es in der „unmodernen" DDR nicht gab.

Jetzt war allerdings vorgezeichnet, wie viele unserer Budapester Tage ablaufen würden. Wir liefen in diesem Urlaub bestimmt jeden Tag um die fünfzehn Kilometer. Aber wir kriegten das nicht mal mit, weil wir in jeden Hinterhof hineinschnüffelten, um irgendetwas Westliches für möglichst wenig Forint zu ergattern.

Selbst am Essen begannen wir zu sparen. „Komm, wir müssen weiter." sagte Mona. „Wir wollen doch ein Schließfach kriegen und es ist bestimmt schon gegen zehn Uhr." „Denkst du, dass die alle schon wieder belegt sind? Da fahren doch bestimmt ein paar Leute mit dem Zug weg und machen ihr Schließfach frei." „Gestern war jedenfalls alles belegt. Mir tun jetzt schon die Schultern vom Rucksack weh. Komm lass uns gehen." Mir taten meine Schultern auch weh, obwohl ich den größeren Rucksack hatte. Es waren die beschissenen dünnen Lederriemen, die so unangenehm waren.

Die Stadt pulsierte immer mehr. In den Kaffees und den kleinen Bars und vor allem davor saßen Gäste und tranken in aller Ruhe irgendetwas. Ich sah, wie zwei Typen jeder ein „Steffl-Pils" aus Österreich tranken. Andere tranken Pepsi. Die Gläser waren schick, noch schicker waren die Bedienungen. Und das ging die ganze endlose Straße, „Lenin-Körut oder so" endlos weiter. „Wo sind wir denn hier?" sagte ich laut und Mona meinte nur, „Das ist eine ganz andere Welt. So was wie Pepsi kriegste bei uns nie." In unserer kleinen, naja immerhin einhundert-tausend Einwohner Stadt, konnte man froh sein, wenn man im Sommer überhaupt ein genießbares Bier bekam und Pepsi oder Coke waren Fremdwörter.

Als wir am Bahnhof ankamen, gingen wir sofort zu den Schließfächern und mussten mit Verzweiflung ansehen, dass schon viele DDR Jugendliche um die Schließfächer herumlungerten. „Scheiße!" Überall sah man Rucksäcke und kleine Gruppen, die sich strategisch um das Objekt der Begierde aufteilten. Mona und ich waren erstmal chancenlos. Also ging ich in das Bahnhofsklo, auch dieses Schmuckstück hatte mit denen in der DDR nichts gemein. Allerdings gab es eine Klofrau und einen Teller, wo man Geld hinlegen sollte. Aber, diese Klofrau war ungemein fett und hatte auch kein gesteigertes Interesse an einer Verfolgungsjagd für die 20 Forint. Außerdem bezahlte scheinbar nur der, der wollte. Ich wollte nicht. Was ich wollte war ein ruhiger gepflegter Schiss, den ich mir nach den Strapazen der Zugfahrt wohlverdient hatte. Es war herrlich und danach wusch ich mich, denn es war auch noch Seife auf dem Waschbeckenrand.

Als neuer Mensch schlenderte ich zurück zu Mona, die vielleicht Glück gehabt hat mit so`nem Scheißfach. Der ganze Bahnhof war voller Leben, überall hörte man den Berliner- und Sachsen-Dialekt. Das Ungarisch dazwischen kam mir irgendwie quäkig vor, war aber auch ein sicheres Indiz dafür, dass wir on Tour waren, meine Kleine und ich. „Eh, die Klos sind voll der Hammer, voll sauber und du kannst dich auch ungestört waschen." „Echt? Da muss ich dringend hin. Das hier kann bestimmt noch Stunden dauern, wenn nicht den ganzen Tag." Mona ging in Richtung Bahnhofsklo. Ich übernahm die Stellung. Es dauerte ziemlich lange, bis Mona wiederkam. „Gott sei Dank. Jetzt fühle ich mich wieder als Mensch."

Mona sah wirklich viel zufriedener aus. Irgendwie fühlte ich in diesem Moment eine Verantwortung für Mona, was mich vollkommen irritierte. „Ich gehe nochmal gucken, was es hier so gibt." „Ja, aber lass mich nicht solange allein, vielleicht darf man hier vor den Schließfächern gar nicht solange rumgammeln." „Bin gleich wieder zurück."

Diese Automaten reizten mich schon ungemein. Eine ganze Zeitlang beobachtete ich, wie sich die Leute ein Stück Kuchen oder besser noch ein paar Miniwürstchen herausholten. In meinem Kopf kalkulierte ich genau, ob sich die ungeheure Ausgabe von 40 Filler lohnten angesichts der großen Vielfalt von anderen erstrebenswerten Dingen in der großen Stadt. Dann sah ich mir den Apparat genauer an und sah sofort, dass ein kleines Kuchenstück, war wohl so´ne Art Muffin, sehr nahe an der Ausgabeklappe war. Eine einmalige Gelegenheit bot sich mir. Ich wartete, bis sich Keiner außer mir für den Apparat interessierte und fasste mit meinen relativ schmalen Fingern in das Fach mit dem Kuchen, zog in heraus und beschädigte ihn dabei. Aber ich konnte mit „Nahrung" zurück zu Mona kommen. Im Übermut von so viel Glück kaufte ich noch eine Tasse heiße Schokolade.

Langsam schlenderte ich zu Mona, die geduldig neben unseren Rucksäcken auf die Schließfächer starrte. „Wo hast´n das her?" „vorne aus´n

Automaten." antwortete ich, als ob es ganz selbstverständlich wäre. „Wie teuer?" „Nüscht!", „Häää?" Nun erzählte ich Mona endlich von meiner Heldentat. Wir teilten. Es schmeckte.

„Wolln wir los? Hier passiert doch nichts mehr." „Daaaa!" Ich sah, wie eine ältere Frau mit zwei kleineren Kindern zielsicher auf die Schließfächer genau vor uns hinsteuerte. „Wird das Fach jetzt frei?" fragte ich die Ungarin. Obwohl die mich nicht verstehen konnte, nickte sie und ich platzierte mich so, dass kein anderer Schließfachjäger eine Chance hatte.

Wir waren frei. Allerdings mussten wir nun jeden Tag um 14:00 Uhr wieder Geld in das Schließfach werfen. Es war ein herrliches Gefühl, ohne die lästigen Rucksäcke, nur mit den leichten Schlafsäcken bepackt, herumzulaufen. Am liebsten wäre ich auch die Schlafsäcke losgeworden, aber wir mussten uns ja heute Nacht wieder auf Schlafplatzsuche begeben.

Wir traten aus dem Bahnhof und befanden uns sofort auf der belebtesten Einkaufsstraße. Die Leute schlenderten umher und wir bekamen das Gefühl von Abenteuer. Dieses Abenteuer beschränkte sich aber auf Schnäppchenjagd. Wir liefen also von Geschäft zu Geschäft und glotzten meist die oft unerschwinglichen Klamotten an. „He, gucke mal, ein echt starkes T-shirt." „Wo?", „Na da, du blinde Nuss.". Man merkte gar nicht, wie schnell die Zeit verging. Wir liefen und liefen. Dann kamen wir am Ende der bestimmt drei Kilometer langen Straße an. Da war dann ein Busbahnhof. Aber, wenn man ganz scharf nach rechts abbog, begann schon die nächste Einkaufsmeile, die so ähnlich wie Rakoczi üitca oder auch ganz anders hieß, scheißegal, wir mussten zurück zur Margareteninsel, wo wir hofften, wieder geschützt neben einem Gebüsch in unseren Schlafsäcken zu pennen.

Der Weg zurück zog sich lang hin. Die Stadt war immer noch quirlig, aber es legte sich schon so etwas wie Müdigkeit auf die Straße. „Irgendetwas müssen wir aber mal essen." Mona hatte das Wesentliche im Blick und vor allem den Würstchenstand vor dem Lebensmittelladen. Die hatten so´n Gerät aus polierten Stahl, sah aus wie der Prototyp eines Dildos. Jedenfalls schob der Würstchenheini immer eine Art halbes Baguette auf den Dildo, das wurde dann heiß. Dann nahm er ein heißes Würstchen und schob es in das Baguette rein. Vorher spritzte er noch Senf in das Baguetteloch. Ein überaus erotischer Vorgang, der Mona und mich zum Lachen brachte. Wir kauften uns so einen ähnlichen Hot-Dog, teilten gerecht und waren für das erste gesättigt und müde.

„Diese Latscherei macht mich voll alle." „Was soll ich denn sagen." Mona hatte recht, sie war ein Mädchen und jammerte nicht rum, eigentlich war ich das Mädchen. Wir liefen also weiter zurück in Richtung Donau zur Margareteninsel. Selbstverständlich ließen wir keinen der herrlichen Innenhöfe unbeachtet, so dass es schließlich später Nachmittag wurde. Etwa einhundert Meter vor der Donaubrücke am Parlamentsgebäude hatten wir die Schnauze voll. „Vor das nächste Kaffee setzen wir uns und trinken eine große Cola, egal was es kostet." Mona sprach ein Machtwort. „Da vorne können wir schön gemütlich draußen sitzen." Ich zeigte auf eine Tagesbar mit niedlichen Tischen davor auf der Straße.

Draußen sitzen und Leute beglotzen war super. Man sah Typen, die einen sonst durch die Lappen gegangen wären. Das Sitzen tat echt gut. Die Bedienung kam; „Zwei Pepsi bitte." Wir fühlten uns gut.

Die Sonne ging langsam unter und wir fern der Heimat ohne jegliche Verantwortung außer für uns selbst. Kein Schuften im Scheiß Waggonbau in Dessau sondern rumsitzen in Budapest im Kaffee. Nebenan beobachtete ich zwei komische Typen, die lässig intelligent wirken wollten. Was für Affen dachte ich und gleich darauf musste ich daran denken, was ich alles tat, um Beachtung zu finden. Ich war also auch ein Affe. Naja, es gibt beschissenere Tiere wir zum Beispiel Schildkröten, die grenzenlos blöde sind. Dann sah ich genauer zum Nebentisch, „Eh, das sind Peter und Paul." Mona guckte rüber. „Wer sind denn Peter und Paul?", „Na zwei Knallfrösche aus´n Ostfernsehen." „Knallfrösche?", Mona hatte keine Ahnung. „Na, die sind Liedermacher oder wollen sowas sein wie Simon & Carfunkel für Arme." „Ja, irgendwie…, nee…, ich weiß nicht." „Erkennste nicht?" „Ne, und is jetzt auch echt wurscht." Ich beobachtete noch unauffällig, aber die waren ja auch nur zwei Affen mit ein wenig mehr Geld als der Durchschnitt-Ossi. „Schmeckt die Pepsi?" „Ja, geht so, aber irgendwie wie Medizin und auch sehr wässrig durch die vielen Eis-würfel." meinte ich. Wir standen auf. Weiter ging´s.

Dann gingen wir über die „Margitsziget-Brücke". Mitten auf der Brücke war dann die Abzweigung in Richtung Insel. Es war schon abends gegen 18:00 Uhr. Wir gingen wieder in Richtung große Gaststätte und setzten uns auf eine Parkbank davor. Es kamen viele Leute von der Inselmitte in Richtung Donaubrücke an uns vorbei. Die Kinder hatten ab und zu einen noch aufgeblasenen Schwimmring oder anderen Freibadkram mit sich. „Hier muss es ein Freibad geben." meinte Mona. „Das können wir ja morgen rauskriegen." , „Naja, wenn es ein Bad gibt werden wir endlich mal wieder ein bisschen sauber."

Mir ist völlig entgangen, wie ich aussah. Meine Jesuslatschen waren völlig abgelatscht und spe-ckig, so wie es sein musste. Meine Jeans, sehr eng, Größe 30/32, übrigens die einzige Hose, die ich mithatte, sah ziemlich dreckig aus, war aber der Allgemeinheit noch zumutbar, schließlich war ich ein Hippi. Das hellblaue einfarbige T-Shirt war durchgeschwitzt und ganz schön ausgeleiert. Nicht mehr zumutbar, müsste gewechselt werden. Zum Glück hatte ich vier T-Shirts und einen Pullover mit. Meine Ost-Jeansjacke, die ich wenig erfolgreich als West-Wrangler „umdesignt" hatte, sah so Scheiße wie immer aus, aber immerhin noch ohne größere Flecken. Meine Haare waren fettig und voller Stietze, ob sie auch schon zu riechen begannen, wusste ich nicht. „Rieche doch mal meine Haare, ob die stinken." Mona roch wirklich. „Die müssen gewaschen werden, du Schwein." „Du siehst auch nicht mehr Blütenfrisch aus." „Aber zehnmal besser als du." Ich musterte Mona, als sie fortfuhr, die Nachhausegehleute zu beobachten.

Sie hatte eine schwarze Cordjeans an, die sie auch zuhause oft anzog. Mona hatte nicht viele

Klamotten, aber die meisten standen ihr. Sie wollte nur nicht zu aufgetakelt rumlaufen, wie eine alte Frau, meinte sie. Das T-Shirt, was sie anhatte, war blau-weiß mit kurzen Ärmeln. Vor allem war es sehr eng und einen BH trug sie nicht, was bei der Hitze um die 34 Grad logisch war. Man konnte also die Form ihrer Brüste unverpackt und naturell bewundern. Ihre Brüste waren schön geformt, nicht zu klein und nicht zu groß, also echt schön. Sie wog um die 50 Kilogramm und war recht schlank. Einen kleinen Makel hatte Mona, so sah sie es jedenfalls, doch an ihrem Körper zu beanstanden. Ihre Beine, speziell die Waden und besonders die Knie waren ziemlich stark ausgebildet. Aus diesem Grunde zog sie auch nie einen kurzen Rock an. Sie hatte eine Jacke um ihre Hüfte gelegt und mit den Ärmeln vor dem Bauch verknotet. Sie war ungeschminkt und hatte auch keinen Schmuck an. Ihre Haare waren auch ein wenig angegriffen, sahen aber immer noch um Längen besser aus als meine. Was Mona besonders machte, waren ihre lieben treuen Augen, die ihren Charakter sehr gut widerspiegelten. Sie war also keine rassige Schönheit und auch keine Barbie. Sie war ein liebes, niedliches, nettes Mädchen. Sie war meine Mona.

„Ich gehe mal durch die Gaststätte." Die Gaststätte war innen und außen gut besucht. Eine lautstarke Kulisse des quakigen Ungarisch empfing mich. Entlang der Selbstbedienungsauslagen diskutierten vornehmlich Ungarn, was sie essen wollten. Neben den Suppenterrinen standen Teller mit Schnitzeln und Nockerln dazu, daneben kleine Kuchen mit und ohne Sahne. Ich ging schnell wieder raus zu Mona, die sichtlich entspannte. „Und?" „Allerhand Fresskram." „Wo sind eigentlich noch die zwei Hörnchen und haben wir nicht noch eine Rolle von dem gelben Schmelzkäse?". Wir hatten also noch was zum

Abendessen. „Ich gehe noch mal in die Fress-bude und hole so´nen Milchbeutel." „Ja, ich habe auch Durst, mach hin." Dann aßen wir schweigend unser Abendbrot. Jeder dachte wohl insgeheim darüber nach, was wir hier eigentlich sollten mit so wenig Kohle in einer Stadt, wo dir die Augen als Ossi aus dem Kopf fielen.

Es wurde leer auf der Insel. Wir latschten langsam und unmotiviert zu dem uns bekannten Spielplatz, aber es waren vereinzelt Spaziergänger unterwegs und wir wollten uns nicht wie die Penner neben einem Gebüsch hinlegen und dabei ungläubig bestaunt werden. Vor allem Mona war das sehr unangenehm. Es war ja auch noch nicht sehr dunkel und außerdem war Vollmond. Also beste Sicht auf unser Elend. Deshalb zog es uns nochmal zurück zum Inselanfang, um ein wenig Zeit vergehen zu lassen, damit auf der Insel kein Spaziergänger oder noch Schlimmeres uns ins Visier nehmen konnte.

Plötzlich hörten wir einen ziemlichen Krach und dann sahen wir viele ungarische Jugendliche vor dem Eingang eines Freilichtkinos nach Karten anstehen. Es wurde schon langsam dunkler, dann war Nacht. „Ist dir das Kino gestern nicht aufgefallen?" Ich schüttelte den Kopf. „Wollen wir mal gucken, was kommt?" „Das ist doch auf Ungarisch, was soll´n wir da drinne?" „Naja, erstens vergeht Zeit und wir werden dann nicht von irgendwelchen Parkwächtern beobachtet, wie wir unsere Schlafsäcke am Rand von dem Spielplatz ausbreiten." Das schien Mona einzuleuchten. Der Eintritt war tatsächlich so spottbillig wie zuhause, so um eine Mark fuffzig. „Was kommt´n?" Ich versuchte am Aushang der Kinokasse eine Information darüber zu bekommen, war aber nicht. Dann saßen wir in diesem Freilichtkino, welches wohl so ein wenig im Stil eines Amphitheaters gebaut war. Endlich fing der Film an, der aber kein richtiger Film war, sondern eine Dokumentation über eine Tournee der ungarischen

Kultgruppe Omega. Diese Omega-Typen waren so in etwa das, was in der DDR die Pudhys waren. Also Alibirocker, denn in Echt wollten wir natürlich lieber die Stones, Led Zeppelin oder Deep Purple sehen. Bei Mona war das anders, die fand die Musik gut, die ihr gerade momentan gefiel, Queen, Franky goes to Hollywood, Beatles und so. Aber Mona hatte nie ein großes Ding um irgendeine Musikgruppe gemacht. Bei mir war es auch zum Teil so, dass ich mich als Kenner cooler Rockgruppen auch aufspielte und mich mit deren Verruchtheit auf mich reflektieren wollte, was aber bei näherer Begutachtung meiner Person nur bei wenigen Leuten Eindruck machte. Aber es gab eben doch einige. Kurz gesagt, als Puhdys- oder Omega Fan konnte man nicht viel hermachen. Das war so, als wenn man Blasmusik gut fand. Der große Hit der Omega-Typen hat mir schon gefallen, hatte so was von einer Hymne. Wir glotzten beide auf die Kinoleinwand und sahen also den lustigen Versuch, einer braven Ostrockgruppe ein wenig internationales Flair zu verleihen.

Nach einer Stunde hatten wir genug. Also auf zum Spielplatz. Gerade als wir unsere Schlafsäcke an einer noch relativ vom Parkweg uneinsichtigen Stelle auf dem Rasen ausbreiteten sah Mona ein großes Spielzeugpferd aus Holz im Sandkasten stehen. Wir gingen hin, das Pferd war innen hohl. Also ein trojanisches Pferd. Ich kroch in das Innere. „Komm mit rein, vielleicht können wir hier drinne gemeinsam schlafen." Mona kroch zu mir, „Das müsste passen. Isst zwar schon echt eng, aber besser, als total im Freien. Hol die Schlafsäcke." Ich holte die Schlafsäcke, dabei fiel mir auf, wie müde ich doch war. Aber ich wollte ja nicht wie ein Mädchen jammern. „Hier." Mona nahm die Schlafsäcke, machte die Reißverschlüsse auf. Einer war das

Unterbett der andere das Oberbett. Es war sehr eng, aber wir schliefen sehr schnell ein.

Am nächsten Morgen hörten wir vereinzelt irgendwelche ungarischen Laute. Ich sah auf die Uhr, es war schon 08:15 Uhr. „Man bin ich zerschlagen." „Frag mich mal. Jeden Knochen kann ich spüren, aber wir müssen so fertig gewesen sein, dass wir trotz der Enge wie zwei Tote geschlafen haben. Dann krochen wir aus dem Holzpferd raus und waren erst völlig benommen. Eine Ungarin wollte gerade mit ihrem kleinen Sohn auf den Spielplatz gehen, als sie uns sah, was anscheinend so abweisend war, dass sie sich entschloss weiter zu gehen. „Los wir gehen vorne zum Inselausgang, wo die Klos waren.", „Ja, machen wir." Ich war noch im Halbschlaf. Die Aussicht auf einen entspannten Morgenschiss machte den Tag sofort fröhlicher. Zum Frischmachen reichten die Klos. Ansonsten war es eine Erlösung dort schnell wieder rauszukommen. Es müssen gestern ziemlich viele Kinogänger auf diesem Klo ihre Schläuche entledigt haben.

Dann saßen wir auf der Parkbank. „Bis um zwölf müssen wir wieder an den Schließfächern sein, um zu verlängern." Zeit war also noch genug. Leider hatten wir keine Hörnchen und auch keine Milch oder den leckeren Schmelzkäse. Mona aß früh eigentlich nicht gerade viel, aber auch sie hatte ein großes Verlangen nach den „Leckereien" von gestern. „Komm, wir gehen langsam wieder in Richtung Bahnhof. Unterwegs kaufen wir ein bisschen zum Frühstück und dann können wir noch gucken, ob das University Shirt noch für dich da ist und was es kostet." Sofort schoss meine Motivation nach oben, denn dieses Shirt wäre meine erste Jagdtrophäe auf unserer Klamottenjagd. In der Heimat würde man mich beneiden, was mir viel bedeutete. Nach ca. zweihundert Metern waren wir wieder auf der Margaretenbrücke über der herrlichen Donau und sahen nach links auf das imposante Parlamentsgebäude.

Dann liefen wir wieder in die Häuserschlucht, fanden sofort den Lebensmittelladen und kauften uns wieder Hörnchen, zwei Rollen Käse und einen Milchbeute, diesmal noch einen kleinen Kakaobeutel. Wir aßen routiniert unser Frühstück und gingen weiter in Richtung Bahnhof. Dann standen wir vor dem Hauseingang, wo es das Shirt geben sollte. „Zu." sagte ich enttäuscht. „Dann gehen wir heute Abend wieder vorbei." Mona machte mir Mut. Ich musste schmunzeln.

Wir waren viel zu früh auf dem Bahnhof, der schon voller Leben war. „Noch fast drei Stunden bis um zwei." „Wenn wir jetzt schon verlängern, dann müssen wir morgen schon um elfe hier sein." „Gut, ich gehe mich erst einmal anständig waschen und Zähneputzen in dem Luxus-Bahnhofsklo von gestern." Mona ging los. Ich war allein und beobachtete die Leute, dann ging ich in die Nähe des Schließfaches und wurde prompt angesprochen. „Wird dein Schließfach frei?" Eine Frauen- besser gesagt Mädchenstimme. Ich sah sie an und war wie geplättet. „Bist du die aus´n Fernsehen?" „Ja, wird dein Schließfach nun frei oder nicht?", es fehlte nicht viel und ich hätte diesem unbeschreiblich schönen Mädel unser Schließfach und noch viel mehr überlassen. Dann sah ich von weiten Mona kommen und war wieder zurück in der Realität. „Ne du, das geht nicht, brauchen wir noch." Dann stellte ich noch eine besonders bekloppte Frage: „Was machst´n du hier?" Sie sah mich kurz an und sagte: „Schließfächer suchen." Weg war sie und Mona war da. „Hast du die Trulla eben gesehen?" „Wen denn?" „Na, die Olle, die da vorne läuft.", „Ne, was is´n mit der?", „Das war die aus sieben Sommersprossen, dem Jugendfilm." „Hätte ich nicht erkannt." „Jetzt ist es kurz nach zwölfe, denke mal, wir schmeißen neues Geld in das Schließfach und dann gehen wir los." „Wieder die

Lenin Kurüt runter?" „Was´n sonst?" „Die Stadt ist groß, gibt bestimmt noch was zu entdecken." „Los dann." meinte Mona.

Diesmal liefen wir auf der rechten Seite der Straße hoch, immer mit Blick in die Innenhöfe und deren kleinen Shops. Wir kamen auch an einem normalen, also staatlichen Geschäft vorbei. Als ich hineinsah, dachte ich eine Sinnestäuschung zu haben. Die hatten Levis Jeans, aber wie sich herausstellte nur in absoluten Übergrößen. „Verdammte Scheiße."

Da war man so nahe am Ziel seiner Träume und dann diese Pleite. Ich besaß nur eine alte Wrangler Jeans, deren Arsch so abgewetzt war, dass meine Mutter einen riesen großen Flicken kunstvoll reingenäht hatte. Das sah noch relativ erträglich aus. Ich habe mir manchmal, eher selten, eine Wrangler Jeansjacke von einem Deutsch-Polen aus meiner Lehrlingsgruppe ausgeliehen, wenn ich am Wochenende zum Jugendtanz ein wenig auf die Kacke hauen wollte. Allerdings mit wenig Erfolg. Aber mit einer Levis mit echtem Indigoblau ohne Flicken wäre ich in der Heimat vielleicht in der Anerkennung der sogenannten Hippis eine Stufe aufgestiegen. Der Gedanke verfolgte mich den ganzen Tag und vermasselte mir die Laune.

„Hier soll es doch so einen Flohmarkt geben mit Platten und Westklamotten. Wollen wir die Tage mal da hin?" Mona nickte, hatte aber mehr Interesse an einem Klo. „Wenn jetzt nicht bald ein Klo kommt…". Es kam ein Klo und Mona ging die Stufen hinunter. Nach einer Weile kam sie aufgeregt nach oben gerannt. „Freddi, da war ein Kerl, der hat während ich auf dem Klo saß unten durch gegriffen und mein Bein angefasst." Für einen kurzen Moment verlor diese Stadt für mich ihre Unschuld. „Echt? Ein Perverser?" „Komm, lass uns schnell weiter gehen." Mona war noch völlig konfus und ich fragte noch blöde; „Biste wenigstens fertig geworden? „Ja, Mensch, aber das war mein geringstes Problem. Ich hatte echt Angst." Wir setzten uns nach einem längeren Schweigemarsch auf eine Bank. „Geht's wieder?" fragte ich und fasste sie an der Hand. „Ja, war nur ziemlich beängstigend." „Warte mal eine Minute." Ich lief ein paar Meter zurück, da hatte ich einen Obstwagen mit Riesenpfirsichen gesehen. Ich kaufte einen extra großen und gab ihn Mona. „Das ist ja ein großes Ding." „Damit du nach dem Schreck wieder zu Kräften kommst." Meine liebe Mona schmunzelte: „Na los teile ihn schon auf." Der Pfirsich ließ sich ohne Hilfsmittel leicht mit der Hand in zwei gleichgroße Hälften teilen. Ich reichte Mona ihren Teil, dann begannen wir zu schmatzen. Der Obstsaft lief an unserem Mund hinunter, so dass wir uns nach vorne beugen mussten, um uns nicht zu bekleckern. Das Vieh von Pfirsich schmeckte spitze. Die Laune war wieder gut.

„Gehen wir noch ein paar Meter die andere Einkaufsstraße von gestern entlang?" „Ja, aber langsam, ich habe irgendwie die Schnauze vom vielen Rumlaufen voll." „Du sagst, wann wir umkehren."

Wir liefen also die andere Straße entlang, aber diesmal kann man sagen, wir schlenderten. Wir kamen an der berühmten Markthalle vorbei, wobei wir erst später erfahren haben, dass diese Markthalle wohl ein Cityhighlight sein sollte. Jedenfalls sahen wir nur kurz hinein. Überall Paprika und Salami, uninteressant. Als wir wieder rauskamen, sahen wir in ungefähr dreihundert Metern Entfernung die Kettenbrücke, eines der Wahrzeichen Budapests.

Aber wir waren am Ende unserer Kräfte. Es war schon später Nachmittag. Also zurück. Den ganzen Weg zurücklatschen, wollten wir aber auch nicht. Es gab zwar eine Straßenbahn, aber wir hatten keine Fahrscheine. „Woll´n wir trotzdem fahren?" fragte ich Mona. „Weiß nicht, vielleicht sind die hier besonders streng mit Schwarzfahrern."

Wir liefen ein paar Meter wieder zurück, hätten aber noch vier bis fünf Kilometer bis zur Margareteninsel laufen müssen. Dann kam eine Bahn vorbei, die gerammelt voll war. „Komm, wir versuchen's, hier kommt doch kein Kontrolleur durch." Wir stiegen ein, hatten aber ein total mulmiges Gefühl. „Lass uns erstmal aussteigen." Mona wollte raus, was ich gut verstehen konnte. Sie meinte: „Ein paar Meter sind wir doch vorangekommen, ohne das was passiert ist. Man soll das Schicksal nicht herausfordern."

Wir waren so ungefähr zweihundert Meter vor dem Bahnhof mit unserem Schließfach. Von da an waren es noch zwei Kilometer bis zur Donaubrücke und dann noch sechshundert Meter bis zu unserem Holzpferd, welches wieder unser Schlafplatz für die Nacht sein sollte.

Wieder hielt eine Straßenbahn vor uns, auch wieder gerammelt voll. „Komm, wir versuchen es nochmal." Mona ließ sich überreden. Mit ziemlich flauen Magen fuhren wir noch drei Stationen weiter. „Alles gut." meinte ich.

Es war noch ein wenig früh am Abend, so gegen achtzehn Uhr. Wir liefen bis zu unserem Holzpferd auf dem Kinderspielplatz. „Dass wir da rein gepasst haben." „Hoffentlich bekommen wir heute Nacht keine Platzangst." erwiderte ich. Das Pferd war schon arg eng. Letzte Nacht müssen wir total alle gewesen sein, sonst wäre das sicher eine beschissene Nacht gewesen. „Hoffentlich sind wir heute Nacht genauso fertig wie gestern." Davon kannst du ausgehen.", meinte Mona.

Es war noch Bewegung auf der Insel, aber so viel wie gestern war nicht los. Auf der großen Wiese saßen ein paar DDR-Typen und hörten einem davon zu, der mit seinen langen Haaren über der

Gitarre gebeugt „let it be" oder so was spielte. Die anderen wackelten mit ihren Köpfen dazu im Takt und qualmten Zigaretten. Wie gerne würde ich auch Gitarre spielen können, aber dafür brauchte man Ausdauer und die konnte ich für so was nicht aufbringen.

Also blieb ich unbewundert. „Wollen wir da hingehen?"

Mona war sehr gesellig und eigentlich auch sehr beliebt, weil sie nie auf die Kacke haute. Bei mir war das genau anders. „Ne, was wollen wir denn da." „Na, ein bisschen rumlungern bis zum Abend. Vielleicht lernen wir ein paar gute Typen kennen."

Mir war irgendwie immer alles peinlich. Ich wollte nicht von den Typen als Arschloch entlarvt werden, deshalb sagte ich zu Mona: „Lass uns doch lieber mal nachschauen, wo hier das Freibad sein soll. Da könnten wir doch dann Morgen reingehen." Mona nickte. Das war auch einer dieser

Wesenszüge von Mona, sie ließ sich aufgrund ihres starken Harmoniebedürfnisses meist schnell überreden. Allerdings grummelte sie noch leise vor sich hin, „Freddy, du musst doch auch ein paar Leute kennen lernen wollen. Sonst ist das doch langweilig." Ich sagte nichts, aber in mir broddelte es. Ich wusste, dass Mona meine Schwachstelle kannte. Es fiel mir sehr schwer auf andere Leute zuzugehen. Auf der anderen Seite hatte ich einen starken Drang nach Geselligkeit. Irgendwie war ich ein komischer Kauz. Ich glaube Mona hat das auch mal so ausgedrückt. Wir hatten öfters Trouble, weil ich wegen einer Kleinigkeit austickte und Mona verdrückte sich dann. Auf der einen Seite hoffte ich dann, dass Mona zu Kreuze kroch und sich bei mir meldete. Tat sie es dann nicht Kroch ich zu Kreuze oder ich war so blöde drauf, dass ich von ihr eine Entschuldigung forderte, die mir dann Mona auch meist lieferte, wegen ihres schon erwähnten Harmoniebedürfnisses.

Wir gingen also ein paar Meter weiter und stießen auch direkt auf ein großes Freibad. Palatinus Thermalfordö stand am Eingang. „Ich gucke mal, ob ich die Eintrittspreise und Öffnungszeiten erkennen kann." Mona kam dazu. „Das geht doch. Da müssen wir mal rein.", „Sieh mal, wie groß das Ding ist." Ich zeigte durch die Gitter am Eingang. Das Bad hatte ein großes Schwimmbecken und dann waren da noch solche runden Becken mit rundherum Betonbänken unter Wasser. „Müssen wir uns vielleicht Morgen mal angucken." Mona meinte noch: „Aber um zwölfe müssen wir doch bei den Schließfächern sein." Ich ging nochmal an das Kassenhäuschen. „Du, hier steht, ab 13:00 Uhr Eintritt zum halben Preis.", „Und das kannst du mit deinem perfekten Ungarisch lesen?" "Ne, lache mal nicht, hier sind Zeiten und daneben stehen Preise. Da braucht man nicht Sherlock Holmes sein, um das rauszukriegen." „Gut, dann holen wir morgen früh ein bisschen was zum Essen und nachmittags gehen wir dann ins Bad." „OK, bin ich dabei." Aber wolltest du nicht Morgen wegen dem University T-Shirt gucken gehen?", „Das kann mich erstmal am Arsch lecken, das Scheiß T-Shirt.", „Na dann...", sagte Mona.

Aus dem Hintergrund des Freibades ertönte eine quakige ungarische Stimme aus den Lautsprechern, irgendwas wie „Figelem, Figelem!". Wahrscheinlich, Achtung, Achtung! Die letzten Badegäste verließen das Freibad. Es war kurz vor zwanzig Uhr. Auf dem Weg zurück zu unserem Holzpferd kamen wir an der Wiese vorbei, keine Hippis mehr da. Scheiße, ich hatte mir vorgenommen, mich zu denen zu setzen und das Risiko einzugehen, dass mich die Typen abschätzig ansahen oder Schlimmeres, was mir gerade im Beisein von Mona sehr unangenehm wäre. Wir setzten uns auf eine Bank auf dem Spielplatz und aßen unsere obligatorischen Hörnchen,

Schmelzkäse und eine kleine Büchse Schweine-fleisch, die ich heute früh noch aus dem Ruck-sack rausgenommen habe. Heute Abend, es war ein Dienstag, war nicht so viel auf der Insel los. Wir quatschten noch eine Weile, dann wurden wir todmüde und krochen gegen zweiundzwan-zig Uhr und dreißig Minuten in das Holzpferd hin-ein. Es war durch die sternenklare Vollmond-nacht sehr hell. Ein paar kleine Wölkchen zogen aber vom Norden her auf. Mona machte alles wieder sehr gemütlich im Pferdchen. Dann lagen wir da und ich spürte Monas stramme Brüstchen an meinem Rücken. Ich drehte mich nochmal um und gab ihr ein Küsschen. Dabei sollte es diese Nacht nicht bleiben. Der Ehrlichkeit wegen muss schon gesagt sein, dass wir über ein Petting nicht hinaus kamen. Wir waren zu kaputt, es war zu eng und viel zu schwül, um eine größere Aktion zu starten. Doch, um immer noch bei der Ehrlichkeit zu bleiben, bin ich eher der Junge für kleinere Aktiönchen. Sei es drum. Irgendwann pennten wir ein.

Am nächsten Morgen vollzog sich dasselbe Schauspiel wie jeden Morgen. Also, wir latschten wieder zum Bahnhof, machten uns fein. Für diesen Tag hatten wir ein wenig üppiger im Lebensmittelladen eingekauft und waren auch noch in einem anderen Geschäft, wo es kleine Würstchen gab und eine Packung Kekse. Dann bezahlten wir unser Schließfach, wimmelten Aasgeier ab ; „wird dein Schließfach frei?" , „Ne, Mann tut mir echt leid." war meine monotone Antwort. Vorher holten wir uns noch ein paar saubere Klamotten aus den Rucksäcken, was nach fünf Tagen schwer Not tat. Dann ging es schnurstracks zurück zur Margareteninsel.

Unser Elan war noch groß, wir liefen zügig und standen gegen halb eins vor dem Eingang am Bad. Die halbe Stunde vergammelten wir noch mit ein bisschen Rumblödeln. Am besten war es, wenn man sich über irgendwelche Typen heimlich lustig machte, obwohl wir sicherlich mehr Anlass zum Gespött geben konnten. Dann war es soweit, „Du, das kostet wirklich ab jetzt den halben Preis."

„Dann kannst´e ja echt gut Ungarisch." Wir hatten gute Laune. Als wir durch den Eingang und durch das Drehkreuz gingen, waren links die Umkleidekabinen für die Damen. „Dame" Mona ging sich umziehen. Ich konnte es gar nicht erwarten, endlich in´s Wasser zu gleiten. „Hat´s lange gedauert?" „Ne. Wo gehen wir am besten hin?" Mona zeigte nach rechts zu dem runden Becken mit den Unterwasserbänken. „Los, wir gucken mal, was das für ein Bad sein soll. Die scheinen da ewig drinne zu hocken, muss also warm sein." Ich sah ein kleines Täfelchen, was an den Säulen, die vereinzelt am Rand des Rundbeckens standen, angebracht war. „Eh, das

glaubst'e nicht." „Was?" „vierunddreißig Grad!"
Mona war sofort gut drauf, denn für Schwimmen
hatte sie nicht viel übrig. Das Allerschlimmste
war für Mona Kälte. Diese unerträgliche Kälte
fing für Mona allerdings schon bei zwanzig Grad
an. Aber vierunddreißig Grad war für uns beide
eine angemessene Relaxtemperatur. Als wir
dann gemütlich im Thermalwasser saßen und
eng aneinander geschmiegt uns das eine oder
andere Küsschen und versteckte Berührung unter Wasser angedeihen ließen, war die Welt in
Ordnung. Es war der erste Moment, der etwas
von Urlaubsatmosphäre hatte. Die beiden anderen großen Becken nahmen wir nur zur Kenntnis.
Wobei das hintere davon wohl ein Wellenbad
war. Das periodische Gekreische aus dieser
Richtung bedeutete wohl, dass wieder ein „Wellengang" anstand. „Kann ich mal ein bisschen
rumlaufen?" „Ja, aber lass mich nicht solange
allein." Ich ging also in Richtung Wellenbad, was
tatsächlich eines war, wie sich herausstellte. Ich

beschloss für mich, dass ich das auch in den nächsten Tagen ausprobieren wollte. Heute nicht, war zu malade. Dann sah ich das Restaurant und die anschließende Selbstbedienungsgaststätte. Die Preise waren ziemlich happig, aber nur für uns, versteht sich. Um der Ecke in Richtung WC war noch eine kleine Essensausgabe mit zwei, drei Stehtischen drum herum. In unserem kleinen Jeansbeutelchen waren aber noch allerhand Leckereien. Ich kaufte einen großen Becher Cola und ging zurück. Was dabei unwahrscheinlich nervte, waren die Wespen, die mit konstanter Boshaftigkeit versuchten, in das Innere des Glases zu kommen, um kostenfrei von der delikaten Cola zu trinken. Ich musste also einen Deckel drauf tun und lief wie ein Kellner zurück zu Mona.

Die war aber nicht mehr an der alten Stelle im Wasser. Bei unseren Schlafsäcken, die wir immer im Auge behielten war sie auch nicht. Ich sah mich um und dann sah ich sie mit ein paar Mädchen ihres Alters auf dem Rand des Wasserbeckens zu sitzen, die Beine baumelten dabei rhythmisch im Wasser.

Eben war ich noch minimal verärgert, weil unsere Schlafsäcke unbeobachtet waren, dieses Gefühl wich dann schnell einer großen Verwunderung. Wie schafft es Mona in kürzester Zeit mit Leuten, vielleicht mit Ungarn, obwohl so sah das nicht aus, ins Gespräch zu kommen. Sofort wurde ich wieder unsicher. Sollte ich hingehen oder lieber aus der Ferne die Szenerie beobachten. Plötzlich sah mich Mona und winkte, was aber nicht so aussah, als ob ich dazu kommen sollte. Ich ging wieder in das Becken, beobachtete unsere Schlafsäcke und ab und zu Mona und ihre neuen Freunde. „Eh, das glaubst´e nicht. Weißt du wer

die sind?" „Ne",sagte ich. Mona war voller Ener-
gie. „Die sind von der EOS auf Abschlussfahrt.
Ist das nicht ein Zufall?" „Also eine Klasse über
dir?" „Ja." „Und wo ist der Lehrer?", Mona deutete diskret auf einen sportlichen Kerl mit blon-
dem kurzen Haar und einem noch kürzeren Voll-
bart. „Was macht'n der für Fächer?" „Ich glaube
Chemie und Physik, weiß nicht genau, hab nicht
bei dem." „Wie'n Lehrer sieht der nicht aus." „Auf
den sind alle Weiber scharf.", „Du auch?" frot-
zelte ich. „Ich? Ne, der kann ganz andere bekommen."

Mona war leider nicht sehr von sich überzeugt.
Sie war ein niedliches Mädchen, was auch
schmuck aussah, aber eine Sexbombe war sie
nicht. Wir tranken unsere Cola, aßen unsere
Hörnchen mit kleinen Würstchen als Zugabe.
Damals hatten wir zwar immer Hunger, waren
aber auch schnell satt. So auch diesmal. Mit dicken Bäuchen schleppten wir uns wieder in den

warmen Tümpel und träumten still vor uns hin. Die Mädels und Jungs von der Abschlussklasse waren schon gegangen. Überhaupt wurde es gegen Nachmittag ruhiger. Das Wellenbad hatte den Betrieb eingestellt.

Und dann kamen zum ersten Mal die Gedanken an die Begegnung mit den beiden fetten Armeeleuten. Plötzlich erinnerte ich mich ganz genau an die Worte dieser Saftsäcke: „ Also, jedenfalls kannst du dann am ersten August gleich mit dem ordentlichen Leben beginnen und meldest dich in Roßlau auf der Dienststelle, dann geht es erstmal zur Grundausbildung." Scheiße, das ist ja schon in zehn Tagen. Das erste Mal kam bei mir Panik auf. Mona habe ich zwar schon gesagt, dass ich ab dem ersten August zur Armee sollte. Aber ich habe immer im Konjunktiv gesprochen und wie gesagt, ich bin ein großer Verdrängungskünstler. Diese Eigenschaft hatte Mona zwar auch, aber bei ihr war sie nicht so stark ausgeprägt. Also schnell an was anderes denken. Meine gute Laune war wie verflogen.

Wir blieben bis zum Rausschmiss: „figelem, figelem!" Es war so kurz vor acht, abtrocknen, Klamotten zusammenpacken, Haare kämmen. „Eigentlich war das der beste Tag bis jetzt." Ich musste Mona Recht geben. „Hier können wir nochmal hingehen." Dann stellten wir uns am Ausgang des Bades hin und sahen ein kleines Wägelchen mit gekochten Maiskolben. Wir holten uns einen Maiskolben, der mit Salz gewürzt wurde und knabberten abwechselnd daran rum.

Wir setzten uns auf eine Parkbank, beobachteten wie die Leute zum Ausgang der Insel in ihre Wohnungen mit den dort sicherlich befindlichen bequemen Betten hinströmten. Uns stand wieder eine sehr beengte Nacht im Holzpferdchen vor. „Vielleicht suchen wir uns heute Nacht irgendein Gebüsch?" Mona fand diese Idee nicht so toll:

„Da ist es zwar eng drinne, aber eben nicht auf der blanken Erde und außerdem fühle ich mich da drinne ein bisschen sicherer." Gut, also Holzpferd. „Lass uns aber vorher noch ein bisschen auf der großen Wiese ausstrecken. Auf der großen Wiese waren vereinzelt kleiner Gruppen von deutschen Jugendlichen, aber wir waren durch den langen Tag im Bad müde geworden. Deshalb blieben wir wieder einmal für uns. Spät am Abend krochen wir in´s Holzpferd. Irgendwann müssen wir dann eingeschlafen sein. „Scheiße, was ist das denn?".

Mitten in der Nacht plötzlich großer Tumult. Um uns herum hörten wir Sirenen, Geschrei von ungarischen Polizisten und deutschen Jugendlichen. Viel schlimmer war aber, dass einer dieser miesen Bullen in das Innere unseres Holzpferdes Tränengas hineingesprüht hatte. Mona und ich waren total verängstigt. Unsere Augen tränten. Die anderen DDR Jugendlichen rannten vor den

Bullen weg. Dann hörten wir einen Lautsprecher, der auf einen Polizeifahrzeug angebracht war. In gebrochenem Deutsch wiederholte sich ständig der Spruch: Verlassen sie sofort die Insel, sonst werden sie verhaftet. Sie haben Inselverbot." Auf jeden Fall war das, was wir verstanden haben. Wir packten schnellst möglich unsere Klamotten zusammen. Leider haben wir in der ganzen Panik Monas Tramperschuhe in dem Holzpferd vergessen. Die waren für alle Zeit verschwunden. Verdammte Scheiße, Tramper waren bei uns im Osten der absolute Hippistil und sehr schwer zu beschaffen. Der Bulle war irgendwo hinter uns. Wir mussten rennen, hinter uns die Bullerei. Ich war erstaunt, wie viele DDR-ler dann doch sehr versteckt auf der Insel, so wie wir, campiert haben. Bis auf die Brücke wurden wir weiter getrieben. Dann löste sich der Pulk auf. Die Bullen waren weg, hatten wohl ihren Auftrag erfüllt. Die Insel war frei von den minderwertigen Pennern aus dem Osten.

Das war ein weiteres Lehrbeispiel für Mona und mich, dass es mit der in der Schule gelernten Freundschaft zwischen den Völkern der „sozialistischen Brüdervölker" nicht weit her war. Auch für die Ungarn galt: haste was, biste was. Den Westdeutschen ist man überall in den Arsch gekrochen.

Mona und mir wurde unsere niedere Herkunft wieder bewusst gemacht. Nicht, dass uns das in unserem Stolz getroffen hätte. Dazu waren wir zu sehr mit unserer Heimat, unseren Leuten zuhause verwurzelt. Aber wir verloren unsere Illusionen. Wir dachten früher immer so: „Das können die doch nicht machen." Leider mussten wir feststellen, die können das doch." Und die sind immer die, die das Geld haben. Eine miese Alliteration.

Es war an diesem Abend nicht nur äußerlich kälter. Leichter Nieselregen kam kurz auf, verschwand aber kurz darauf wieder. „Was´n jetzt?", fragte Mona. Wieder fühlte ich diese Verantwortung, wobei ich doch selber kaum einen Plan von irgendwas hatte. „Erst mal zum Bahnhof." Einige DDR-ler hatten dieselbe Idee.

Wir kamen an einer Gaststätte mit dem Namen Berlin-Alexanderplatz vorbei. Die hatte noch offen. In den Kellerräumen war sogar noch irgendeine Feierlichkeit in Gange. Ein Geiger spielte den obligatorischen Czardas. Wahrscheinlich eine Hochzeit, aber eher nicht, mitten in der Woche. Jedenfalls hatten die es gut. Weiter zum Bahnhof! Als wir auf dem Bahnhof ankamen, staunten wir nicht schlecht. Vor den Fahrkartenschaltern waren lange Sitzreihen mit modernen Plasteschalensesseln. Vor diesen Sesseln lagen schon einige DDR-Jugendliche in Grüppchen auf dem Fliesenboden. Fast jeder in seinen Schlafsack eingehüllt und total übermüdet in der Hoffnung noch ein bisschen Schlaf zu bekommen. Es war schön nach dieser Hetzjagd wieder ein paar

Schicksalsgenossen um sich zu haben. Trotzdem blieb jeder für sich.

Na gefühlten zehn Minuten stieß jemand gegen mein Bein. Ich machte die Augen auf, es war schon hell, ca.um sieben Uhr. Ich brummelte: „Was´n los" dann sah ich nach oben. Vor mir stand ein älteres Männchen mit einer gelben Weste, einer Kehrschaufel am Stiel und einem Besen in der Hand mit dem er abwechselnd mich und die um uns noch vereinzelt liegenden DDR-Jugendlichen zum Aufstehen drängte. Mona hat er nicht angestuppst, was ich ihm positiv anrechnete. Trotzdem brauchten wir noch einige Minuten, um wach zu werden. Alle Knochen taten uns weh. Das Männchen machte seine Runde und weckte die obdachlosen DDR-Bürger auf.

Was für einen Eindruck muss das auf ihn gemacht haben. Da kommen Leute nach Budapest und haben kein Geld für eine Unterkunft, sparen sich fast jeden Bissen vom Munde ab, nur um sich endlich auch mal ein paar Dinge kaufen zu können, die es in der DDR niemals gab. Wir setzten uns auf die Plastestühle, die Schlafsäcke zusammengerollt auf den Knien und versuchten im Sitzen noch ein paar Minuten zu pennen, was kaum gelang. Mona hätte es bestimmt hingekriegt, das mit dem im Sitzen schlafen. Mit meinem aufgeregten Naturell war das eine Sache der Unmöglichkeit. „Soll ich uns jeden einen heißen Kakao holen?", Mona nickte nur. Ich kam an den Automaten vorbei. Diesmal war leider kein Kuchen dabei, den man Herausfingern hätte können. Also holte ich zwei Becher heißen Kakao. „Der tut echt gut." sagte Mona und mir wurde es auch ein wenig wohler. „Das war ja eine Nacht. Jetzt ist die Insel für uns tabu. Was´n nu?" „Ich weiß nicht.", „Am liebsten würde ich mit dem nächsten Zug zurück nach Hause fahren." Ich konnte Mona verstehen, denn diese Tour hätte nicht jedes Mädchen mitgemacht. „Wir haben aber noch so viel Geld." „Gut, lass uns das noch auf den Kopf hauen und dann geht´s nach Hause." Mir fiel ein, dass irgendwo ein Flohmarkt sein soll, irgendwo außerhalb der Stadt. „Woll´n wir zu diesem Flohmarkt fahren?", „Wir wissen doch gar nicht, wo der sein soll."

Draußen vor dem Bahnhof stand ein junger Kerl, wie man unschwer an den obligatorischen Jesuslatschen erkennen konnte, ein Ossi. Er sah eher wie ein Urlauber aus, obwohl er auch einen Rucksack hatte und alte Jeans, T-Shirt und so. „Sag mal, weißt du, wo es zu diesem großen Flohmarkt geht, den außerhalb der Stadt?" Wieder einmal hat Mona die Initiative ergriffen. Mona, mein Schlüssel zur Welt. Der Junge wusste Bescheid. Was noch besser war, er wollte da auch hin. Wir kauften Fahrscheine für die Bahn und fuhren gemeinsam los. Wir unterhielten uns auch angeregt, Mona naturgemäß mehr als ich. Sie lachte, er lachte. Nach ungefähr 20 Minuten stieg eine kleine Gruppe Ossis in die

Bahn und unterhielten sich angeregt. Ich hörte heraus, dass die auch zum Flohmarkt wollten. „Eh, die fahren auch dahin." dann ging er zu der Gruppe rüber. Mona war enttäuscht, weil er nicht bei uns blieb und noch mehr, dass ich keine Anstalten machte, ihm zu der Gruppe hinterherzugehen. Dann sagte sie etwas, was mich in meinem Stolz verletzt hat, obwohl Mona damit, was sie sagte, vollkommen recht hatte. Sie sagte leise und enttäuscht: „Mit dir ist nichts los. Jetzt waren wir endlich mal nicht so allein und dann bist du wieder so ein komischer Kauz." Wir fuhren schweigend den Typen hinterher und ich hatte die Sache eigentlich weggesteckt.

Die Fahrt zu dem Flohmarkt dauerte ungefähr eine Stunde, dann waren wir da. „Wollen wir eine Runde drehen?", Na, klar, deswegen sind wir ja hier" meinte ich etwas knatzig. Es gab auf diesem Flohmarkt alles, was man sich im Osten als Jugendlicher erträumte, Levis, Platten und vieles mehr. Ein wunderbarer Geruch von etwas Gebackenem zog durch die Luft und führte uns unweigerlich an eine Langos-Bude. Langos war ein Teigfladen, der in heißem Öl frittiert wurde und dann belegte man den Teigfladen mit allerlei Sachen. Mona nahm Käse, ich Salami.

Plötzlich war eine große Aufregung um uns. Die Händler hatten einen Ossi geschnappt, der sich eine Jeans klauen wollte. Nun waren die Voraussetzungen für unseren Einkauf beschissen. Von allen Seiten wurden wir von den Händlern misstrauisch beglotzt. Ich sah einen Stand, wo bestimmt tausend Platten von allen Gruppen, die unter den Jugendlichen in der Heimat, zumindest von unserem Schlag, heiß begehrt waren. Die Stones neben Led Zeppelin, Deep Purple, alles, was das Herz begehrt. Leider waren die Stones Platten alle um die einhundert Mark teuer, ging also nicht. Dann sah ich eine Platte von Eric Clapton, den ich schon immer super fand. Für siebzig Mark habe ich die dann gekauft. Wir wollten gerade weiter gehen, da sah ich einen Levis Stand. „Anprobieren kostet doch nichts." meinte Mona. Gesagt, wie getan. „Man, gucke dir die Jens an, die sitzt super und ist die beste Farbe, die man sich wünschen kann.

Eine Echte!" „Frag mal, wie teuer die ist." Ich fragte den vollkommen uninteressierten Händler voller Demut nach dem Preis. Er schmetterte mir den Preis entgegen. Mona begann schnell umzurechnen. „Freddi, knapp über zweihundert Mark. Vielleicht kriegst´n noch ein wenig runter." Ich sprach den Händler an und nannte meinen Wunschpreis um die einhundertachtzig Mark. Der Händler wiederholte seinen Preis und ging gelangweilt in das Innere seiner Bude. „Mona, komm lass uns gehen, der arrogante Heini soll sich seine Jeans ans Knie nageln. „Ne, Freddi, rechne doch mal. Im Osten würdest du im Intershop über dreihundert Mark berappen und wir kennen noch nicht mal einen, der so günstig Westgeld umtauscht." „ Meinst du wirklich?" „Los mach!", „Dann haben wir aber nur noch zweihundertachtzig Mark in Reserve." „Wir fahren doch vielleicht morgen schon nachhause." „Gut, aber nur, wenn wir ab jetzt nur noch für dich gucken." „Los, mach jetzt, da ist der wieder." Mit zitterigen Fingern gab ich dem Händler die zweihundertundfünf Mark in Forint.

Der zählte kurz nach, blickte mich dabei nicht an, packte die Jeans achtlos in einen Plastebeutel und warf sie mir hin. Trotz dieser Überheblichkeit war ich in diesem Moment zutiefst dankbar. Mona sah plötzlich den Kerl mit dem wir hierher gefahren waren inmitten der Gruppe aus der Bahn. Die lachten und waren absolut albern. Mona wäre gerne bei denen gewesen. „Woll´n wir da mal hingehen? Bei denen ist gute Laune." „Sag ruhig, wenn es mit mir Scheiße ist." „Du bist immer so komisch, hast keine Freunde. Da wird es eben langweilig."

Ich war von dem herrlichen Glücksgefühl, der Besitzer einer echten Levis zu sein, auf ein ganz tiefes emotionales Level runtergeschmettert. Wir gingen wortlos zu der Bahn. „Warum sagst´n du nichts?" Ich war so wütend, dass ich erst gar nichts sagte, um dann zu einem meiner beschissenen Monologe, der mich noch wütender machte, anzusetzen. Mona hörte zu und sagte nichts. Sie kannte schon meine Ausraster. Ich wartete auf eine Entschuldigung, die sie mir logischerweise nicht gab. Dann stieg ich einfach, ohne was zu sagen, aus der Metro aus. Das Spielchen ging bis fast zum Bahnhof. Meine arme Mona war doch ein völlig orientierungsloses Huhn. Aus Angst sich nicht mehr zurück zu finden kam sie zu mir und sagte etwas von Entschuldigung. Wir kamen am Abend auf dem Bahnhof an. Ich war noch immer wütend, zum

Teil auch auf mich. Und immer wieder im Kopf den Termin ersten August. Wo sollte ich dann hin? Ich war kurz vorm Durchdrehen. Wir gingen hinter dem Bahnhof, dann tat ich Mona weh.

An diesem Tag ist in mir etwas zersprungen. Wir weinten beide bitterliche Tränen. Ich warf mich vor Mona auf die Knie und bat sie um Entschuldigung. Meine kleine Mona weinte und drückte mich trotzdem an sich. Nie wieder habe ich Mona angefasst. Ich würde mir eher mein Leben nehmen, als Mona nochmal zu hauen. Es vergeht fast kein Tag, an dem ich nicht diesen Moment in Budapest bereue. Es ist auch nicht zu entschuldigen. Ich erzählte Mona, dass ich verstehe, dass sie sich einen Freund wünscht, der nicht so Menschenscheu wie ich ist, und dass ich versuchen werde mehr auf die Menschen zuzugehen. Ich erzählte Mona auch, dass ich sie liebe und eben weil ich nicht gerade ein sehr beliebter Kerl bin, immer davor Angst habe, dass sie mich verlässt. Ich erzählte auch von der Angst vor der Zukunft und eben von dieser ominösen Einberufung. Ab diesem Tag habe ich mich nie wieder so schäbig verhalten. Gott sei Dank wurde ich im Laufe der Zeit ein ganz anderer Kerl. Wir gingen in den Bahnhof hinein. Ich setzte mich auf einen Plastestuhl, Mona legte ihren Kopf auf meinen Schoß, was mir schon wieder die Tränen in die Augen schießen ließ. Ich döste vor mich hin, streichelte Mona sacht und bin irgendwann in dieser Nacht im Sitzen eingeschlafen. Mona konnte auch auf meinem Schoß ein wenig schlafen. Meine Hoffnung war, dass sich morgen früh alles, was war, als ein böser Traum herausstellte.

War aber nicht, wie sich am nächsten Morgen herausstellte. Diese verdammte Scheiße in dieser Nacht war nun Teil meines Lebens. Sonst etwas hätte ich dafür gegeben, wenn ich Mona nicht wehgetan hätte.

Meine sonst so lustige Mona war am nächsten Morgen sehr ernst und sagte: „Das, was geschehen ist, warst nicht du Freddi. Ich versuche zu vergessen, aber lass uns nicht mehr darüber sprechen." Ich war so froh, wie man nur sein konnte. Es war, als wären mir tausend Steine vom Herzen gefallen. Aber sie sagte auch noch: „Freddi, wir bleiben noch, wie wir es eigentlich vorhatten, fünf Tage in Budapest. Wenn wir dann wieder zuhause sind, werden wir getrennte Wege gehen oder es weiter versuchen." Es war also noch ein Fünkchen Liebe zu mir in Mona. „Wollen wir heute den ganzen Tag im Thermalbad verbringen und den ganzen Mist von uns abspülen." „Gut, das hätte ich auch vorgeschlagen.", sagte sie.

Ich holte wieder zwei heiße Kakao. Dann gingen wir uns frisch machen. Auf dem Weg zu „unserer Margareteninsel" ließen wir uns Zeit. Wir holten ein paar Lebensmittel für den Tag im Bad und vor allem für den Abend. Für Mona holte ich noch eine Tafel Schokolade, die sie sofort wieder aufteilte und ich dachte nur, „so eine Supermädel darfst du nicht verlieren.

Auf einer Bank vor einem staatlichen Plattenladen setzten wir uns hin und aßen genüsslich die Schokolade. „Ich gehe ganz kurz in den Plattenladen." „Ja, mache nur. Ich bleib hier sitzen". In dem Plattenladen konnte ich nichts entdecken. Es gab nur die obligatorischen ungarischen „Staatskünstler" wie Judith Koncz und Konsorten. Alles Musiker, die man zuhause im Osten ständig hörte oder besser hören musste. Ich glaube ein Lied von der ungarischen „Rhianna - Koncz" hieß Schaukeljunge, eine völlige Scheiße, der man ab und zu lethargisch zuhörte, wobei man die gleichzeitige Verblödung ganz intensiv verspürte, die einsetzte, wenn man auch noch mit sang : „Schaukeljunge, Schaukeljunge, ra,ra raaa".

„Supertramp?", erstaunt sah ich eine Platte auf einen weiter entfernten Stapel, von der ich glaubte, dass es Supertramp sei, was natürlich ein großes Schnäppchen wäre. War aber nicht. Irgendetwas wie Supermusic oder so. Also Scheiße. Auch in der Heimat gab es ab und zu in den Plattenläden so genannte Lizenzplatten. Die waren aber schwer zu bekommen, wenn man keine Beziehungen hatte, musste man permanent den Verkäufern auf den Sack gehen, bis man dann zur rechten Zeit am rechten Ort war. Dabei war es egal, was für eine Platte man bekam, Udo Jürgens oder Bob Dylan oder sonst wen, Hauptsache Westmusik. Ich ging wieder zu Mona. „Na, irgendwas gefunden?" „Ne, nur Quark, Schaukeljunge ra.ra.raaa."

Ganz entspannt liefen wir weiter zur Insel. Als wir auf der Donaubrücke standen, blieben wir das erste Mal bewusst stehen und sahen hinunter. Auf dem Fundament des gigantischen Betonpfostens in der Mitte der Brücke saßen einige Ungarn und sonnten sich, einige schwammen sogar in der Donau, aber nicht viele. „Vollmacke", meinte ich beim Anblick der meines Erachtens übermütigen Ungarn. Man konnte von dem von der Fahrbahn abgetrennten Fußweg auf der Brücke über eine Eisentreppe nach unten an die Donau gelangen. Auch für Mona war das zu verwegen. „Dass die da drinnen baden, ist das nicht zu viel Strömung und gucke dir mal das Wasser an, von wegen blaue Donau, die ist ganz schön dreckig gelb." Wir gingen also wieder in das Thermalbad. Es war diesmal noch nicht um eins, also keine Ermäßigung. Scheiß drauf, Hauptsache Entspannung. Wir pilgerten, nach dem Mona sich umgezogen hat, schnurstracks zu unserer altbewährten Stelle, knallten unsere Schlafsäcke hin. Einen rollten wir auf, der andere war ein Kissen. Dann setzten wir uns in das warme Wasser. Mona machte die Augen zu und versuchte ihr Gesicht von der Mittagssonne bräunen zu lassen. Ich beobachtete sie und hätte ihr gerne einen Kuss gegeben, was ich aber lieber nicht tat. Für mich reichte es schon zu sehen, wie sich Mona erholte.

Dieses Bad war wie ein Gesundbrunnen. Wir träumten vor uns hin. Ab und zu kam wieder der erste August durch meinen Kopf geschossen, dann sah ich mich um und sah die unaufgeregten Menschen um mich. Besonders zwei ältere Schachspieler, deren Schachbrett auf dem Beckenrand stand, umgeben von allerhand selbsternannten Schachweisen, lenkten mich von den bösen Gedanken erfolgreich ab. Es hätte ewig so weiter gehen können.

Mona sah mich plötzlich an, ich konnte ihr nur sehr schwer in die Augen sehen, „Wollen wir uns etwas leisten und essen gehen? Du hast doch neulich so einen günstigen Stand hinter der Gaststätte gefunden." „Können wir machen. Die Tasche nehmen wir mit, unsere Schlafsäcke wird schon keiner klauen." Mona sah zu den Schlafsäcken und meinte auch: „Ne, denke ich auch nicht, so wie die aussehen." Wir gingen zu dem kleinen Imbissstand und holten uns zweimal Spaghetti mit Pilzen und eine Cola. Die Spaghetti waren super lecker. Der große Fehler war die Cola, denn wir wurden regelrecht von Wespen attackiert. Wichtig war, nicht zu essen, ohne vorher auf den Bissen auf der Gabel zu schauen. Wenn es zu arg wurde, drehte man mit dem Teller eine Pirouette, dann ging es für zehn Sekunden wieder. „Wer hat diese Schweinewespen erfunden? Die haben nur einen Job, die Menschen fertig zu machen." Mona lächelte, musste aber auch gleich weiter ihr Essen verteidigen. „Diese

Wespen versauen uns das erste anständige Essen, seit wir hier sind." „Woll´n wir zurück, Freddi?"

„Ja, machen wir oder woll´n wir einmal mit ins Wellenbad, es ist gleich wieder soweit." „Mal gucken."

Dann gingen wir zurück, als plötzlich eine Glocke ertönte, gefolgt von einer Lautsprecherankündigung: „Uwaga, Uwaga!" der nächste Wellengang stand an. Ich ging mit Mona in das Wellenbad und wir konnten endlich wieder mit jeden Sprung in die Wellen laut lachen. Ausgepowert schlenderten wir zurück zu unserem Platz, war alles unberührt. Nach einer kurzen Zeit auf dem Schlafsack ging Mona wieder in das warme Becken. Ich hatte keine Lust, wollte noch ein wenig rumlaufen. „Mona, ich habe vorhin ein paar Kekse gesehen. Hole ich mal ein paar." Mona winkte nur und war wieder tiefenentspannt. Ich ging lang-

sam zurück zur Gaststätte, vorbei an dem großen Schwimmbecken, blieb am Rand stehen,
beobachtete ein paar ungarische Jugendliche,
die mit ihren hübschen dunkelhaarigen Mädels
schäkerten und spürte ein wenig Ruhe in mir.
„Eh, Freddi, du alter Sauhund." Erschreckt
blickte ich mich um und sah zwei Typen aus meiner Lehrlingsklasse aus'n Waggonbau. „Was
machst'n du hier?" Eine saublöde Frage. „Ich
scheiße hier die Becken voll" ,antwortete ich.
„Ne, echt ma, wie kommts?" Immer noch sau-
blöd, ich hatte erst keine Lust auf einen weiteren
Hinweis auf die Blödheit der Frage, antwortete
dann aber doch: „Na, ich bin hier zu einem inter-
nationalen Ärztekongress, soll einen Vortrag
über Blähungen halten." Die Typen lachten über
ihre dummen feisten Gesichter und waren sichtlich amüsiert. Zu Hause gaben die Typen sich mit
mir nicht ab, warum quatschten die mich hier also
an. Wir waren aus verschiedenen Welten. Die
beiden Typen waren eher so etwas wie schöne

Diskoboys, die ihr angepasstes Leben lebten. Gute Noten, gutes Geld, hübsche Frau, schöne Wohnung, sportlich, keine Zigaretten. Ich rauchte gerne und Mona griff auch ab und zu zur Zigarette. Überhaupt war ich das krasse Gegenteil von den zwei Typen, aber nicht einmal das checkten die Beiden.

Ich wollte auffallen mit meiner Unangepasstheit, wollte lange Haare, Bob Dylan und nicht Diskomusik, vor allem wollte ich meine Ruhe. Die beiden Typen hatten wohl Langeweile, quatschten noch ein paar Minuten und verschwanden dann. „Na, denn machs jut." Und weg waren die. Ich wollte nicht überheblich wirken, aber mit denen wusste ich nichts zu reden, hatte kein Thema. Vielleicht hätte ich ein wenig mitquatschen können, aber dazu fehlte mir wohl noch die nötige Sozialkompetenz, auch so ein Wichserbegriff, wie sie Mona und alle normalen Leute hatten.

Ich fühlte mich nicht normal, holte aber ganz normal die herrlichen gefüllten Schokokekse, dann ging ich zurück. Im Freibad war zur Zeit die Kreischphase, wo alle Kinder nochmal ins Wasser dürfen und so langsam der Aufbruch naht. Mona war noch immer im Wasser, ich nahm die Kekse mit ins Wasser und wir fütterten uns gegenseitig. „Da waren zwei vom Waggonbau, hab mit denen ein bisschen gequatscht." „Ja?,Wer?" „Kennste nicht." „Ach so. Bleiben wir wieder bis Feierabend?" „Wenn du willst." „Von mir aus könnten wir die ganze Nacht hier im Bad bleiben." Kurz kam in mir eine Idee auf, die ich aber sofort verwarf. „Wir müssen heute nochmal auf der Insel irgendwo versteckt pennen." „Gut, dann machen wir das und hoffen, dass keine Polizei kommt.", „Mona, bist du sicher, dass du noch die vier Tage bis zur geplanten Rückfahrt mit mir hier bleiben willst?" „Ja, ich versuch`s".

Wir liefen in dieser Nacht ein wenig tiefer in die Insel rein und fanden ein voraussichtlich sicheres Plätzchen. Wir kuschelten uns aneinander in Löffelchenstellung und die Welt war für mich zumindest in Ordnung.

Am nächsten Morgen wachten wir relativ entspannt auf. Als ich mich umsah, entdeckte ich sogar einen kleinen Trinkbrunnen. „Mona, wir können uns im Freien waschen und Zähne putzen." Mona war noch müde, aber sie nutzte die Chance, sich waschen zu können. „Pass auf, wenn einer kommt, sagste rechtzeitig Bescheid!" Ich passte auf. Dann war ich dran. „Freddi, heute will ich mal mehr von der Stadt als nur Innenhöfe sehen." „Mach´n wir."

Gleich am Ende der Insel, auf der Donaubrücke bogen wir diesmal nach rechts ab. Es war wieder ein herrlicher Morgen, ungefähr halb elf. Wir gingen wieder langsam und entspannt. Die Donau sah noch heller und schlammiger aus als gestern

Abend. Nicht weit entfernt vom Ende der Brücke war eine kleine Selbstbedienungsgaststätte. Wir hatten noch nichts gegessen. „Ich gehe mal rein." dann kam ich wieder raus, „Komm rein, hier ist es spottbillig und vor allem gibt es hier alles, was man will." Wir fanden bei zwei Ungarn, wahrscheinlich Bauarbeiter, Platz am Tisch. Mona suchte sich ein Brötchen und eine Gulaschsuppe aus. „Sieht echt toll aus, hol ich mir auch." An der Kasse fiel uns auf, dass noch was zu trinken fehlte. Ich sprintete los und holte noch eine große Flasche Kakao. Ein herrliches Frühstück. Eigentlich waren wir beide jetzt nach dem Essen ziemlich träge, aber es nützte alles nichts. „Da müssen wir hoch, Freddi?" „Ja, das ist der Gellertberg mit dem berühmten Hotel und dem römischen Bad."

Bevor wir nach Budapest gefahren sind, haben wir in unserer Heimatstadt Dessau noch einen Dia-Vortrag besucht. In Dessau gab es einen

Ortsteil, Ziebigk, der ziemlich gefragt war. In den für DDR Verhältnisse schönen Wohnungen lebten viele von unseren Hippi-Vorbildern. Und dort gab es auch eine Straße, wo sich der Klub der Intelligenz befand. Dieser Klub, den die „Weisen der Stadt besuchten", sollte wohl an die Tradition der Salonkultur Englands oder der zwanziger Jahre in Deutschland anknüpfen. Es gab dort in begrenzter Auswahl warme Speisen. Meistens war darunter auch die typische Auswahl an Schweinesteaks, mit Kräuterbutter oder Zigeuner Art.

Obwohl wir eigentlich nicht dahin gehörten, denn ich war Schlosser und Mona noch Abiturientin, machten wir uns schmuck und gingen dort hin. Am Eingang musste man sich in ein Buch einschreiben, dann ging es in den Speisesaal. Wir aßen gesittet unser Steak, tranken Vita-Cola, rauchten eine Zigarette, was damals noch überall gestattet war und warteten auf den Vortrag.

Dann begann der Vortrag, der uns an sich gut gefiel. Zumindest hat er nicht unsere Tourpläne erschüttert. Dieser Vortrag lieferte uns ein paar Informationen, von denen ich mir scheinbar mehr abgespeichert habe als Mona.

Ich wusste also, dass wir diesen Berg hoch mussten. Aber wir waren jung und in der Blüte unserer Jahre, alles kein Problem. Wir liefen durch historische Gassen und standen plötzlich vor dem berühmten Hilton Hotel. „Du ich muss mal." meinte Mona. „Komm, in dem Hotel gibt es bestimmt in der Lobby ein WC." Wir gingen also mit den zusammengerollten Schlafsäcken auf den Hoteleingang zu. Wir schafften es auch noch drei Meter in das Hotel. Dann kam aufgeregt redend ein Mann in Hoteluniform und drängelte uns trotz meines ständigen „WC!, WC!" zum Ausgang. „Drecksau, verdammte.", dachte ich mir. „So ein dummes Schwein." sagte Mona.

In dem Moment waren wir wieder, wie so oft, ein verschworenes Team. „Aber ich muss trotzdem dringend pullern." Ich blickte mich um und sah eine Treppe, die anscheinend in eine kleine Kellerkneipe führte. „Komm, da setzen wir uns rein. Wir waren die einzigen. Mona verschwand sofort auf dem Klo.

Die Kellerbar hatte nur rustikale Tische mit rot/weißkarierten Tischdecken. Auf den Bänken lagen Schaffelle. Es war ein Gewölbe mit uriger Ausstrahlung. Die Bedienung brachte mir wortlos die Karte, tat die aber auch ohne jegliche Begeisterung, die sicherlich ein Westdeutscher erfahren hätte können. „Hier gibt es nur Wein. Woll´n wir?" Mona wollte. Der Weißwein, den wir in völliger Unkenntnis und ohne Beratung bestellt haben, wurde in Tonbechern gebracht und schmeckte uns gut. Wieder ein positives Erlebnis mehr. Als wir wieder aus dem Kellergewölbe auf die Straße traten, empfang uns die übliche starke Hitze des

Sommers 1980. Nur ein paar Schritte weiter und wir befanden uns auf dem Gelände der „Fischerbastei". „Das sieht ein bisschen wie Kleckerburg aus." Mona hatte Recht, wenn man sich die kleinen weißen Türmchen ansah, kam der Vergleich der Anlage doch sehr nahe. Es sah jedenfalls sehr putzig aus. Die kleinen Türmchen standen im Abstand von ungefähr 30 Metern und waren alle mit einer dicken Mauer verbunden, auf der die vielen Touristen sich für ihre gestellten Fotos hinsetzten. Aber der Ausblick war auch gewaltig, weit unten die Donau mit der sie überspannenden altehrwürdigen Kettenbrücke. Wenn der Blick nach links schwenkte, sahen wir das Parlamentsgebäude und die Margareteninsel. An der Kaimauer der Donau ankerten viele Fahrgastschiffe, alle vornehmlich für die betuchten, sprich westeuropäischen Besucher gedacht. Das Gelände der Fischerbastei war relativ klein.

Innerhalb einer Stunde hatten wir alles gesehen. Langsam liefen wir einen kleinen Fußweg hinunter und standen fünfzehn Minuten später vor der Kettenbrücke mit ihren jeweils zwei riesen Löwen aus Bronze oder Beton an jeder Uferseite. „Das sind schon riesengroße Viecher, Mona." Mona blickte kurz zu den Löwen und ging dann zielbewusst auf die Kettenbrücke zu. Diese Kettenbrücke war ja nun ein Wahrzeichen von Budapest und machte uns beide glücklich, weil wir endlich mal etwas live gesehen haben, was man sonst nur von Bildern oder dem Fernsehen kannte. Das „wir habens gesehen Gefühl" kam in uns hoch. „Schade, dass wir keinen Platz zum Schlafen haben, Freddi. Sonst wäre alles noch viel schöner." „Ich weiß, aber mir ist vorhin eine Idee gekommen. Wenn wir ein Studentenwohnheim suchen, die vermieten doch an Studenten und du bist doch so gut wie eine Studentin, Betten für ein bis drei Nächte, habe ich in Dessau von Manni gehört. Wollen wir das versuchen?" „Gut, aber

wie finden wir ein solches Studentenwohnheim?"
„Ich habe vorhin auf der Fischerbastei einen Stadtplan, der war in so einem Aufsteller vor der Touristeninfo drinne, mitgenommen." Wir gingen weiter über die Kettenbrücke und setzten uns auf eine Bank am Ostufer.

Der Plan war eigentlich sehr gut und wir sahen auch ein Gebäude, was Uni soundso hieß. War gar nicht weit weg von unserem jetzigen Standort, vielleicht fünfundvierzig Minuten in Richtung Petöfi Brücke, der letzten großen Brücke Budapests in südlicher Richtung. „Woll´n wir dahin latschen?" „Los, komm, vielleicht bringt´s ja was." Anscheinend war ein ordentliches Bett für Mona eine richtige Motivationsspritze.

Irgendwie musste ich an ein Buch denken, was ich mal gelesen habe : "Soweit die Füße tragen".

Wir liefen am Ufer entlang und da es Gott sei Dank keine Klamottenläden gab, kamen wir auch gut voran. Das Unigebäude war recht modern, vor allem gab es eine Lobby mit einem Infoschalter. Dort war eine Studentin vom Dienst. Ich ging hin und blamierte mich das erste Mal, als ich dieses junge Mädel auf Deutsch ansprach: Wir möchten gerne ein Zimmer im Studentenwohnheim für möglichst drei Nächte. Die guckte mich durchaus gewillt aber eben doch ratlos an. Nach einer kurzen Weile der Fassungslosigkeit fragte sie; „Do you can speak english?" und ich antwortete unwahr: „Yes a little bit." Dann drehte ich mich zu Mona um, die aus der Ferne zusah, vielleicht war ihr das Ganze auch ein wenig peinlich. Gemeinsam mit Mona bekamen wir letztlich doch den Hinweis in englischer Sprache.

Es gab ein Studentenwohnheim in der Semmelweiß Uitca, wo Zimmer an ausländische Studenten vergeben werden. Das hilfsbereite Mädchen machte mir noch ein Kreuz auf meiner Karte und zog eine Linie, wie wir gehen sollten. Ungefähr anderthalb Stunden Fußmarsch. Wir gingen wieder raus: „Zu weit, ich kann nicht mehr." Ich musste Mona beipflichten, den ganzen beschissenen Weg zurück auf die andere Donauseite, ohne Sicherheit ein Zimmer zu bekommen, wäre bekloppt. „Außerdem müssen wir bis um halb sieben wieder Geld ins Schließfach schmeißen." Das hätte ich fast vergessen, unsere Zeit hat sich zum Abend hin verschoben und mit den Rucksäcken wäre die Latscherei absolut kein Vergnügen. Es reichte schon die dämlichen Schlafsäcke über der Schulter hängend ständig mit sich rumzuschleppen.

Unser Weg führte uns wieder zurück auf die Ladenstraße, die uns bestens bekannte Lenin Kurüt. Ziemlich am Anfang der Straße begann bei uns schon wieder das Jagdfieber einzusetzen. Das heißt, ich war ja bestens bedient, denn in meinem Rucksack waren ja die Levis und der gute Eric Clapton. Über die Sachen wollte ich nicht reden und auch die Freude war ziemlich getrübt, denn die Sachen wurden ja am schlimmsten Tag meines Lebens gekauft. Scheiße, genug davon. Es musste dringend etwas für Mönchen her. Wir liefen nicht weit, da sagte Mona plötzlich: „Du, da muss ich mal rein." „Was hast´n da gesehen?" „Ich weiß noch nicht." ‚eine komische Mona Antwort. Also gingen wir in den kleinen Laden und Mona kaufte sich ein wunderschönes Kleid, was dem Hippistil sehr nahe kam. Kaum dass wir aus dem Laden raus waren, ich wartete schon darauf, kamen die unvermeidlichen Monafragen. Ein typischer Dialog begann. „Und, was meinst´e?" „sieht jut aus." „Aber hat es mir gepasst, war ein bisschen zu lang?" „Ne, Tipp Topp." „Kann ich das denn zu Hause tragen? Wo soll ich das denn anziehen?" „Das kannst´e echt überall tragen." „Und obenrum ist das nicht ein bisschen zu eng, da sehe ich ja wie eine vom…. aus." „Quatsch, das sieht super aus, passt und ist nicht nuttig." „Soll ich´s nicht lieber umtauschen?" „Ne, behalte das Kleid bitte, bitte.", „Ne, sei mal ganz ehrlich." „Ich bin ehrlich, das Kleid ist der Hammer, verdammte Scheiße." „Na, wenn du meinst."

Solche Dialoge führte Mona sehr gerne, meist ging es um Klamotten, ihre Haare und überhaupt. Heute hätte ich sogar noch mehr Geduld gehabt, weil es für mich schön war zu sehen, dass Mona wieder in ihrer schönen Shoppingwelt angekommen ist. Sie kaufte zwar nicht viel, dafür fehlte ihr das Geld, aber sie kaufte gerne und war dann zufrieden, vielleicht sogar glücklich. Dieser Zustand bei Mona zu beobachten, brachte mich der Normalität wieder ein wenig näher.

Ein paar hundert Meter weiter blieb Mona wieder stehen. Ich folgte ihr wortlos in einen Innenhof. In der Auslage des Geschäftes war ein rosa Strickpullover mit V-Ausschnitt zu sehen. Das war damals große Mode. Man trug diese Pullover ein bis zwei Nummern größer, dann war er perfekt. Diesmal ging der Kauf zügig und ohne großes Palaver über die Bühne. Trotzdem sagte ich zur Sicherheit: „sah richtig gut aus."

Dann liefen wir ein Stück weiter und kamen an einem Straßenkaffee vorbei. „Woll'n wir ne Cola trinken?" „Keine schlechte Idee." Und schon saß Mona.

Die Bedienung kam, kurz wollte ich ganz verwegen ein Steffl Pils für mich bestellen. Dann fiel mir wieder ein, dass dies in Mark umgerechnet die ungeheure Zahl sechs bedeutet hätte. Klar, dass ich lieber die drei Mark teure Cola mit Mona trank.

Ich erinnerte mich an drei alte Männer, augenscheinlich Budapester, die vor einer Bar auf der Fischerbastei genüsslich jeder eines dieser eisgekühlten Steffl Pils tranken. Eine verlockende Aussicht auf's Alter, aber leider nur wenn man vermögender alter Rentner in Ungarn wäre. Die

Cola kam. Die Cola war immerhin wieder in schönen Whiskygläsern mit Eiswürfeln und vor allem war sie schön kalt. „Willste ene?" Mona streckte mir die Schachtel Zigaretten zu, Multifilter- eine ungarische Sorte der besseren Art, Kohlefilter und so. Wir rauchten und tranken die Cola. Als wir uns umschauten sahen wir, dass wir die einzigen Gäste waren. Mona guckte noch mal in die Karte und meinte: „knapp über drei Mark die Cola." „Woll´n wir abhauen?", „Die Zeche prellen?", Mona erschauderte. „Bist du blöde, Freddi?" „Guck doch mal, kein Mensch da und die Trulla von Kellnerin hat doch den Stock im Arsch und könnte uns auch gar nicht folgen." Ich sah wie es in Mona arbeitete. Ich sagte, „Du gehst schon vor, ungefähr einhundert Meter und wartest da. Ich warte hier und wenn du in Sicherheit bist und noch keiner abkassieren will, sind die selbst schuld. Dann komme ich angerannt und wenn ich auf deiner Höhe bin, laufen wir weiter in den Menschenmenge rein. Kein Mensch kann uns dann noch schnappen." Getan, wie gesagt. Unser kleines Ganovenstück gelang und verschaffte uns ein wohliges Gewinnergefühl. Mit Mona konnte man Pferde stehlen.

Wir liefen weiter Richtung Bahnhof, so wie wir es schon so oft getan haben. Auf dem Weg sahen wir nur noch in jeden dritten Innenhof vorbei. Dann sahen wir ein kleines Kino mit Kinoreklame, die zuhause nicht so knallig war. Trotz der ungarischen Schrift konnte man sehen, dass es um einen Krimi ging. Wir hatten noch knapp drei Stunden Zeit, der Bahnhof war höchstens fünfzehn Minuten entfernt. An der Kinokasse sahen wir, dass die Preise genau wie in der Heimat extrem billig waren, etwa eine Mark fünfzig. Mona sagte: „Was sollen wir sonst machen.", „Aber wir verstehen doch nicht ein Wort." „Na dann sitzen wir wenigstens bequem und ruhen uns ein wenig aus." Ich fand das dann doch sehr einleuchtend, vor allem die Aussicht auf einen bequemen Sessel war verlockend. „Gut, also nichts wie rein." Wir setzten uns in die letzte Reihe, knallten die Schlafsäcke hinter uns, später nahmen wir sie als Kopfkissen. Es war echt gemütlich. So ein Kino hat was. Außer uns war kaum jemand im Kino. Es wurde dunkel, ein wenig Werbung, nicht schlecht, in der DDR gab es schon zehn Jahre keine Werbefilmchen mehr. Dann begann der Film und der war echt große Kacke. Kein Wunder, dass wir fast alleine hier drinne waren. Ständiges ungarisches Gequatsche, bestimmt so ein Psychokrimi. Ich glaube, es gab überhaupt keine spannende Szene. Es bestand ein krasses Missverhältnis zwischen den Plakaten draußen am Eingang des Kinos und der gequirlten Scheiße, die man dann auf der Kinoleinwand sehen musste. Also Plan B, ein kurzes Nickerchen.

Mona schlief wirklich kurz danach ein, ich döste angenehm vor mich hin. Ein Bierchen wäre schön, dachte ich noch, dann war ich auch weggepennt. Plötzlich wurde es hell im Kino, eine dicke Frau mit blauen Kittel ging durch die Reihen, sah uns an und zeigte zum Ausgang. Als wir wieder auf der Straße standen, mussten wir erst wieder zu uns kommen. „Freddi, ich hätte die ganze Nacht da pennen können. „Wir können ja den Film nochmal ansehen." Als ich sah, dass Mona ernsthaft nachdachte, erinnerte ich an unser Schließfach. Nochmal so ein Film und ich wäre blind geworden.

Auf dem Bahnhof hielten wir uns nicht lange auf. Uns war klar, dass wir noch eine Nacht im Schutze eines Gebüsches auf der Margareteninsel verbringen mussten, was uns langsam unerträglich erschien. Ein paar Meter weiter war wieder so ein Stand mit der ungarischen Version eines Hot-Dog. Wir holten uns einen und aßen ihn s, wie andere Menschen ihren Kaviar oder Trüffel. Es schmeckte. Dann kamen wir gerade noch rechtzeitig zu einem Lebensmittelladen und versorgten uns mit Hörnchen, Milch, Käse und Keksen. Ach, so und ganz nebenbei habe ich auch noch eine Delikatesse gestohlen. Wie sich zuhause herausstellte, war es eine kleine Büchse Fasanenleberpastete. Als ich die Mona zeigte, sagte sie nur: „Na, du traust dich ja was."

Dieser Tag hat bei uns also ein paar Hemmungen fallen lassen. Mittlerweile war es schon dunkel, ungefähr einundzwanzig Uhr. Wir schleppten uns noch bis zu unserem Schlafplatz, bereiteten routiniert unser Bettchen, legten uns in Löffelchenstellung hin und waren sofort weg. Am nächsten Morgen wachte ich von Hundegebell auf. Da waren Leute auf der großen Wiese und übten das Abortieren mit ihren Kläffern. Also aufstehen, zum Trinkbrunnen, waschen, Zähne putzen. Frühstück machen. Ich schnitt die Hörnchen mit meinem Taschenmesser auf, Mona goss Milch in unsere Trinkbecher, Schmelzkäse aufs

Hörnchen, essen. „Ich glaube, wir würden prima Penner abgeben." „Freddi, so komme ich mir schon die ganze letzte Woche vor. Noch drei Tage, länger geht das bei mir nicht mehr. Und heute muss das mit dem Zimmer im Studentenwohnheim klappen." Ich versuchte Optimismus zu verbreiten: „Wird schon!" „Scheiße!!!" „Was?", „Die Zigaretten sind gebrochen." Wir hielten mit unseren Fingern die Bruchstelle der Zigaretten zu und rauchten ein wenig umständlich unsere Morgenzigarette.

Ich wunderte mich immer, wenn Leute fast militant auf den Geschmack ihrer Zigarettensorte schwörten. Mir war der Geschmack eigentlich nur dahingehend wichtig, ob der Tabak Scheiße schmeckte und es musste eine Filterzigarette sein. Nur im äußersten Notfall rauchte ich die billigste Zigarettensorte der DDR, die Karo. Diese Sorte war ohne Filter, man spuckte ständig Tabak aus. Sie schmeckte auch nicht sonderlich, war aber sehr billig und immer zu bekommen. „Weißt du, wir gehen als erstes zu diesem Wohnheim und versuchen unser Glück." „Und wenn wir wieder Pech haben?" „Haben wir aber nicht, bleib doch mal optimistisch."

Den Weg zu dem Studentenwohnheim fanden wir recht schnell. Es war nah genug zum absoluten Stadtkern, aber dennoch irgendwie ruhig in einer Straße mit vielen Bäumen, fast schon Park-ähnlich gelegen. Das Gebäude war ein heller Backsteinbau, teils mit Jugendstilfassade. „Glückliche Studenten", dachte ich mir. Wir gingen in das Gebäude, die breiten Terrazzostufen hinauf, an den hellgrünen Ölsockelwänden, die scheinbar für die Verwaltungs-gebäude im Osten obligatorisch waren, vorbei und standen in einem großen langen Flur, von dem wie in einer Schule rechts und links Türen abgingen .

„Da vorne muss es sein." Mona zeigte nach links, wo einige junge Leute vor einer offenen Tür standen und teils davor auf dem Boden hockten. „Hier sind wir zu spät, Freddi." Mein Ehrgeiz war geweckt. Ich wollte heute Nacht unbedingt in einem Bett schlafen.

Wie sich herausstellte, musste man hier sehr zeitig erscheinen und bei den Studenten vom Dienst, die die Vergabemacht über die Zimmer hatten, um ein solches betteln. Irgendwie konnte ich keine Ordnung in dem Durcheinander erkennen. In dem einfach eingerichteten Büro saßen ein nicht mehr taufrischer Student und dessen dafür sehr junge Helferin. Gleich am Eingang de Zimmers stand ein großer Tisch. Der Student vom Dienst wurde von zwei ungarischen Jungen bequatscht, während ein anderes Mädchen ein paar Schlüssel brachte. Das Gespräch wurde sofort sehr viel intensiver, woraus ich schloss, dass es jetzt um die Wurst, besser um die Zimmer, ging. Ich stand schon eine halbe Stunde im Eingangsbereich, Mona direkt hinter mir. Wir wussten nicht, wie wir den Typen anquatschen sollten. Plötzlich hatte ich längeren Blickkontakt mit dem Jungen, der wohl nicht verstand, warum ich nur so doof in der Tür rumstand. „Können wir ein Zimmer bekommen?" „Der Junge guckte mich noch irritierter an und schüttelte den Kopf." Fast war alles verloren, dann hörte ich Mona auf Englisch fragen. „Sorry, we are looking for a room?", Der Junge war plötzlich ein wenig aufgetaut. „where are you come from?", „Germany." Dass er bei Monas Antwort an Westdeutschland dachte, glaube ich nicht, auch glaube ich nicht, dass er, von Monas Schönheit überwältigt, nun plötzlich uns gewogen war, aber die englische Sprache versprühte für ihn sicherlich so etwas wie Intelligenz und weltmännisches Flair. „maybe. you must waiting." Dann dauerte es nicht mehr lange und wir bekamen einen Zimmerschlüssel. „how long?" , „only for one night". „Mona, egal greife zu.", „Allright."

Wir machten uns sofort auf die Suche nach unserem Zimmer. Mich wunderte, dass wir nur einen Zettel ausfüllen mussten und insgesamt acht Mark bezahlt haben, ohne unseren Personalausweis zu zeigen. Als wir in dem Zimmer standen, war mir klar, warum. Das Zimmer war spartanisch eingerichtet und ziemlich schmucklos. Es waren drei einfache Betten, ein langer Tisch an der Wand auf dem eine hässliche Schreibtischlampe stand. Daneben zwei Schränke, die mit massiven Schlösser gesichert waren. An der anderen Wand, zwischen zwei Betten stand ein Tisch mit drei Stühlen. „Du hier sind wir nicht alleine." Ich zeigte auf einen prallen Rucksack, so einen den man fürs Angeln mitnahm, ziemlich verschlissen das Teil. Auf dem einen Bett lag noch ein großes Handtuch und eine kurze gelbe

Trainingshose. „Ein Kerl!" „Ja." sagte ich, „Was soll´s".

Mona legte sich in das eine Bett, „Meins!" Ich legte mich zu ihr und nach sehr kurzer Zeit hörte ich das für Mona typische niedliche und Gott sei Dank immer recht leise Schnarchen. Dann wurde plötzlich die Tür aufgemacht und ein junger Kerl, so um die dreiundzwanzig Jahre alt, kam herein. Es war ein junger Ungar, der wohl das erste Mal in Budapest war, was wir daran erkennen konnten, dass er sich an den Tisch setzte und seinen Stadtplan intensiv studierte. Beim Eintreten hat er etwas auf Ungarisch gemurmelt, wir sagten: „Guten Tag". Dann war beiden Seiten klar, dass es zu keinem Gespräch kommen würde, weshalb wir uns auch konsequent ignorierten. „Wie ein Student kommt der mir nicht vor." „Mir auch nicht, eher wie ein Bauer." musste ich auch zugeben. Jedenfalls war der junge Kerl genauso schüchtern wie wir, denn nach einer kurzen

Weile verschwand er wieder. „Am liebsten würde ich jetzt bis zum nächsten Morgen in dieser Bude bleiben und schlafen, schlafen, schlafen!" „ich kann auch alleine zum Schließfach." „Ne Freddi, ich komme lieber mit, der Kerl ist mir nicht so geheuer." „Ach, das hätte ich fast vergessen, der junge Ungar. Aber, wenn wir morgen aus dem Wohnheim verschwinden müssen, was machen wir dann? Es sind noch drei Tage bis zu unserer geplanten Fahrt nach Hause.", „Ich weiß auch nicht, neue Fahrscheine kaufen wäre bekloppt, jetzt wo wir hier uns so durchgeschlagen haben." „Pass auf Mona, was hältst du von noch zwei Tagen am Balaton. Dort ist bestimmt mehr Natur, wo wir ungestört pennen können und am Tage können wir im Balaton baden." „Das ist doch Scheiße, Balaton." „Was denn sonst Mona?" „Ich gehe mal ein Klo suchen." Mona verschwand und ich hatte die Balatonidee ehrlich gesagt, schon abgehakt. Ich sah aus dem Fenster, dann an die Wand über dem Schreibtisch. Ein Poster von einer Honda Shadow – Goldwing war an der Wand als absolut einziger Blickfang angepinnt. Man konnte aber erkennen, dass da noch viel mehr Poster an der Wand dran waren. Die Studenten, die normal dieses Zimmer bewohnt haben, rechneten wohl mit dem Diebstahl ihres Wandschmuckes. Die Honda war bestimmt nicht so hoch im Kurs bei den drei Studenten dieses Zimmers. Außerdem waren es bestimmt Mädels, sonst wäre gerade dieses schöne Bike nicht an der Wand geblieben. Ich nahm mir vor, es gleich morgen früh vorsichtig von der Wand abzunehmen und es mir zu schenken, wo es doch bei mir zu Hause einen so schönen Platz bekäme. „Na gut, falls wir morgen wirklich keine Chance haben, hier noch wenigstens eine Nacht zu bleiben, machen wir das." Ich war noch ganz perplex, denn ich hatte gar nicht mitbekommen, dass Ramona schon wieder da war. „Was?" „Mensch, na das mit Balaton du Hirni." „Ja, wird bestimmt ein schöner Abschluss." „Freddi, aber nur wenn wir absolut nicht hier bleiben dürfen." „Ja,ja."

Wir liefen zum Bahnhof, holten uns unterwegs wieder eine dieser ominösen Bockwürste und eine halbe Melone, die wir nochmal halbierten, die andere Hälfte wollten wir auf unserem Zimmer essen. Des Weiteren kauften wir noch zwei Cola, aber nur die billigeren ungarischen, sechs Hörnchen, zwei Tafeln Schokolade und den immer noch leckeren Schmelzkäse und einen Beutel Milch. Irgendwie fühlten wir uns beide ein ganz klein wenig besser, denn wir hatten für diese Nacht ein Bett. Wie müssen sich die Penner vorkommen, die über Jahre, und nicht nur im Sommer, jeden Tag einen Platz zum Schlafen suchen. Dabei ist mir aufgefallen, dass wir auf unseren Tagesmärschen durch die Stadt keinen einzigen Bettler gesehen haben, noch nicht einmal auf dem Bahnhof.

Aber das war wohl hier in Ungarn genauso wie in der DDR, was nicht sein darf, gab es eben nicht. Überhaupt wurde uns auf dieser Tour sehr oft bewusst, was die Bezeichnung „real existierender Sozialismus" wirklich bedeutet. Jeden Tag sahen wir DDR Jugendliche, die sich die Füße platt liefen, um ein bisschen von dem Zeug aus den Geschäften abzuschleppen, was es in der DDR absolut nicht gab. Die ständige Faselei von „der stetigen Erhöhung des materiellen und kulturellen Lebensniveaus der Bevölkerung" wurde hier in Budapest, geschweige denn in Westdeutschland täglich der Lächerlichkeit preisgegeben. Sie, damit meine ich die DDR als Idee vom Sozialismus, hat den Kampf der Systeme schon längst verloren. An dem Tag, als die ersten Intershops in der DDR eröffnet wurden, wo die mit Westverwandtschaft gesegneten DDR Bürger ihr geschenktes Westgeld ausgeben konnten, begann der Verrat an der Idee des Sozialismus. Wie oft habe ich im

Waggonbau erlebt, dass ein solch D-Mark Privilegierter sich viel mehr leisten konnte als der absolute Bestarbeiter des Betriebes. Es gab Phasen, da musste man betteln, dass dies „Wohltäter" einem wie mir wenigstens zehn D-Mark für hundert Ost Mark umgetauscht hat. Jeder, der in seinen vier Wänden mit irgendwelchen Westkram aufwarten konnte, wurde dafür bewundert. Selbst zu Weihnachten war es das höchste Vergnügen, wenn auf dem bunten Teller irgendwo gut sichtbar vorn platziert eine Tafel Milka, Sarotti, egal irgendwas aus der Westwerbung, lag. Das einzige, was wirklich irgendwie Hoffnung gab, war die Tatsache, dass in der DDR irgendwie alle in einem Boot saßen. Die paar Bonzen hatten vielleicht ein bisschen mehr an Westkram, aber jeder kleine Angestellte oder selbst die Arbeitslosen der BRD konnten sich täglich mit dem versorgen, was bei uns als Luxusgüter des Westens galten. Trotzdem wäre ich mit dem Leben im Osten klar gekommen, wenn ich immer ne echte Levis hätte haben können, immer drei-zwanziger Zigaretten, anständiges Bier um das man nicht in den Kaufhallen kämpfen musste, Weihnachten ein paar Leckereien und Platten von den richtigen Musikgruppen. Wenn es allen Scheiße geht, schmeckt sogar die Scheiße nicht mal übel. Und ehrlich gesagt, habe ich nicht mal drüber nachgedacht, ob es mir Scheiße ging. Die einzige armdicke Scheiße, die ich schon so lang-sam riechen konnte, war dieser mysteriöse Ein-berufungstag. „Geht das denn überhaupt? Und wenn ich da gar nicht hingehe?" Diese Gedan-ken kamen immer massiver in meinen Schädel. Und das war sicher auch ein Fakt in der DDR, ein Rebell zu sein, tat wirklich weh. Im Westen konnte man da schon eher aus dem zivilen Un-gehorsam ein Hobby machen. Manchmal spürte man aber trotzdem für „sein" Land – die DDR eine gewisse Verteidigungspflicht und zwar im-mer dann, wenn man sah, wie manche West-deutschen sich beim Verlassen des Intershops oder hier in Budapest an den Wechselbuden, die für DDR Bürger nur mit 100 Mark Umtauschschein oder einer sogenannten Zollerklärung zu betreten waren, vorsichtig umguckten. Jeder Kontakt mit uns armen Schluckern war denen in solchen Momenten besonders unangenehm. Aber es gab auch DDR Leute, leider auch Jugendliche, die für das fast leere BIC Feuerzeug eines Westlers einen Freudentanz aufführten, dass einem das große Kotzen kam. Mona und ich waren zwar auch an Westkram hochgradig interessiert, aber wir hätten uns dafür nie in den Schmutz geworfen. Als kleiner Junge habe ich schon Kaugummibilder gesammelt, die an sich vollkommene Kacke waren oder wie fast jeder andere Junge hatte ich eine kleine Pyramide von leeren Bierbüchsen auf'n Regal stehen. Trotzdem bilde ich mir ein, dass ich einen gewissen Stolz hatte, wenn auch den eines Nihilisten.

Diese Gedanken kamen mir auf dem Rückweg zu unserem Studentenwohnheim. Wir aßen im Bett unsere Melone und hörten von irgendwoher Musik, ob ungarische oder was anderes hörten wir nicht. Obwohl wir endlich jeder ein Bett für die Nacht hatten, blieb Mona noch in meinem Bett, was mich unbeschreiblich beruhigte. In der Nacht ging sie dann in das ihre. Komisch war, dass wir unseren jungen Ungarn überhaupt nicht mitbekommen haben. Ich kann echt nicht sagen, ob der da war. Irgendwann müssen wir ganz tief eingeschlafen sein. Am nächsten Morgen wachten wir gegen neun Uhr auf und waren jedenfalls allein. Ich sah, dass Mona auch schon an die Decke blickte, dann flüsterte sie, „Ist der da?", „Ne, hier ist keiner." Eigentlich wollte ich schnell in den Gemeinschaftswaschraum, aber Mona musste dringender los. Während sie mit Waschlappen, Seife, Zahnbürste und Waschlappen loszog, war ich im Zimmer allein. „Da war doch noch was.", dachte ich mir, dann fiel mein Blick auf die

Honda. Vorsichtig entfernte ich das Poster von der Wand. Hoffentlich kam nicht jetzt gerade der unsichtbare Mitbewohner oder einer von den Studenten. Ohne größeren Defekt wurde das Poster von der Wand entfernt und gewissenhaft zusammengerollt. Es würde bei mir mehr Beachtung erfahren. „Jetzt kannst du." Mona war zurück. „Gibt's da eigentlich Duschen" „Ne Freddi aber massig Waschbecken mit nur kaltem Wasser.", „Wie schön wäre jetzt eine warme Dusche, was für ein Luxus.", dachte ich mir. Duschen konnte ich stundenlang, das hätte mein Hobby sein können. Also keine Duschen, dafür kaltes Wasser. Trotzdem hofften wir beide auf noch zwei Nächte Zugabe in diesem netten „Hotel".

Der Waschraum war sehr groß, ich war allein. Als Erstes entschied ich mich für einen Morgenschiss und es war auch Klopapier, besser Sandpapier, ausreichend vorhanden. Beim Zähneputzen sah ich mich um, dann sah ich in den Spiegel, der schon ziemlich verdreckt war und war erstaunt, dass ich trotz eines zarten Vollbartes noch ganz manierlich aussah. Für die paar Bartstoppeln hatte ich noch einen kleinen Reiserasierer und Handseife rieb ich solange im Gesicht, bis sich ein wenig Schaum gebildet hatte. Ein weiterer Kontrollblick ließ mich teilzufrieden sein. Gesicht war akzeptabel, aber ansonsten sah ich wie ein Hungerkünstler aus. Aber ich wurde einfach nicht dick. Zu Hause habe ich wie ein Bekloppter gefressen und trotzdem nicht viel zugenommen. „Was soll´s." dachte ich mir.

Mona war schon fertig. „Schon ziemlich spät. Ob wir noch ein Zimmer bekommen?" „Lass die Schlafsäcke und den Beutel erstmal noch hier. Wir machen ein bisschen auf Mitleid." Dass ich mich rasiert habe, war vielleicht doch blöd gewesen, vorher sah ich ein wenig erbärmlicher aus.

Unten war wieder reges Treiben, aber nicht so sehr wie gestern. Wir holten noch mal Luft dann gingen wir hinein. Mona fing besser gleich mit Englisch an, „Thank you for...." und so weiter. Das Mädchen, sehr hübsch, so um die fünfundzwanzig, sagte plötzlich in gebrochenem Deutsch: „Bitte Schlüssel in zehn Minuten...Zimmer schon wieder vergeben." Mona fragte fast schon flehentlich: „Haben sie nicht noch ein anderes Zimmer für uns?", „Nein, nicht haben." „wenigstens für eine Nacht?", „Nein, immer eine Nacht nur Zimmer." Wir blieben noch stehen. Ich ließ mich noch zu einem blödsinnigen: „Sein se nicht so, nur ene Nacht." hinreißen. „Bitte Schlüssel bringen." Es war aussichtslos. Mona sah resignierend zu Boden. Noch drei Nächte in Budapest oder am Balaton ohne Bleibe. Kein Platz zum Schlafen. Die hübsche Studentin war plötzlich auch nicht mehr so hübsch. „Scheißnutte!" brubbelte ich vor mir her. „Komm Mona, wir gehen in diesem Saustall kriegen wir so wie so keine Bude mehr.", sehr gerne hätten wir uns in diesem „Saustall" noch sauwohl gefühlt. „Vielleicht ist heute Abend noch eine Chance, Freddi." „Aber als wir gestern am Nachmittag in die Stadt gegangen sind, war doch schon keiner mehr in diesem bekloppten Büro.", Ja, stimmt, verfluchte Kacke. Also Balaton?" „Wir können doch erstmal in die Stadt. Es ist jetzt fast Mittag, vielleicht essen wir irgendwo was."

Wir zogen los. Von der Kettenbrücke bogen wir rechts in das Nobelviertel von Budapest. Die Geschäfte waren gut gefüllt, kein Vergleich mit zuhause. Selbst in Berlin gab es nicht das Angebot, was es hier im Überfluss zu geben schien. „Wie machen die Ungarn da bloß?" Mona zuckte nur mit den Schultern. „Sind wir so Scheiße im Osten, dass sogar die Ungarn mehr haben als wir. Ich denke, wir übererfüllen ständig die Wirtschaftspläne." „Mensch, ich weiß doch auch nicht und ist ja auch voll egal. Mich interessiert nur, was wir machen wollen." Ich kam mir wieder wie ein Reiseleiter vor, nur dass ich absolut keinen Plan hatte." „Jetzt gehen wir erstmal was essen." „Hier? Ist doch viel zu teuer oder hast du heimlich Lotto gespielt und gewonnen, du Affe." Affe war eine Lieblingsbezeichnung von Mona für mich. „Der Affe will fressen!" „Dann hol dir eine Banane, für da drinne ham wa kein Geld."

Wir standen vor einem typisch ungarischen Restaurant. Auf den Tischen stand überall Brot, was es kostenlos zum Essen dazu gab und eine Wasserkaraffe stand auf jeden Tisch, auch kostenlos. Auf dem Aufsteller vor dem Lokal stand neben anderen Gerichten in Deutsch angeschrieben: Eine Terrine Bohneneintopf für umgerechnet knapp fünf Mark. Auf einem Tisch im Lokal stand vor einem Gast eine solche Terrine, die mir relativ groß vorkam. „Mona, wir bestellen eine Terrine. Du isst zuerst und überlässt mir dann deinen Teller. Wasser und Brot ist umsonst." „Na gut". Wir nahmen Platz und bestellten eine Terrine Bohneneintopf. Die Kellnerin zeigte mehrmals auf Mona, ob sie nicht auch bestellen wolle und zog dann Leine." Wir stopften sofort das Weißbrot in uns rein und tranken das Wasser bis auf eine kleine Neige fast aus. Dann kam die Kellnerin und brachte eine Terrine, brachte aber auch zwei Teller. Die hatte also begriffen und es kam noch besser. Sie sah auf den fast leeren Brotkorb und die ebenso fast leere Wasserkaraffe und brachte beide Sachen nochmal. „Endlich mal ein Süppchen." Monas Laune wurde besser. Dann kam die Rechnung auf einem kleinen Tellerchen. „Und, wirklich nur fünf Mark?" „Ja, kein Beschiss"

Mittlerweile war es schon Nachmittag, was wir mit der Zeit auch schon ohne Uhr erkennen konnten. Das Treiben auf den Straßen nahm nochmal drastisch zu, Gehupe, knatternde Mopeds und hektische Menschenmassen. Es machte Spaß, diesem Treiben zuzuschauen. Besonders die quengelnden Kinder, die von ihren Müttern durch die Straßen gezogen wurden, amüsierten uns. Manchmal lief auch eine absolute ungarische Schönheit vorbei. Man hätte denken können, dass irgendwo hinter diesen Weibern ein Tross von Fotografen hinterher käme. Was für eine Show. Aber irgendwie war es auch schön, die Extravaganzen erleben zu dürfen. Mona war für mich mein kleiner Star, auch wenn ich irgendwie zu verklemmt war, mir meine Gefühle einzugestehen. Es war aber auch nicht so, dass mir Monas Anblick jedes Mal den Atem verschlagen würde oder wie in einem Schnulzenfilm ständiges Geknutsche abging. Ne, ich war eher ein verklemmter Grübler mit Hang zur Selbstdarstellung. Nicht, dass ich ständig auffallen wollte, das war es nicht. Ich hielt mich für einen noch unerkannten Feingeist.

Mona lebte immer im Hier und Jetzt. Sie hielt sich nicht für besonders hübsch und ich war leider auch nicht der Typ, der ständig Komplimente machte. Aber sie war mein Girl. Der Bahnhof war nicht mehr weit und damit auch der Zeitpunkt für eine Entscheidung gekommen. „Freddi, woll´n wir nun zum Balaton. Ich bin mir nicht sicher." „Was woll´n wir sonst machen, in der Stadt rumlungern?", „Ne, aber dann müssen wir das Schließfach ausräumen und haben wieder die Rucksäcke auf dem Pelz." „Ja, aber die zwei und ein halben Tag schaffen wir das schon." „Wenn du meinst." Ich kam mir in solchen Momenten immer wie ein Diktator vor, der nur seine Meinung gelten lässt. Nur das Problem war, dass ja irgendwie entschieden werden musste. Mona war nicht die große Entscheiderin. Also gingen wir durch den Bahnhof zu den Schließfächern.

Mir wurde bewusst, als ich die vielen Landsleute sah, die bestimmt schon viele Stunden auf das

Leerwerden eines Schließfaches hofften, dass wir damit ein wenig Freiheit aufgaben. Die DDR Leute sahen alle so aus wie wir, starrer Blick auf die Schließfächer teils auf dem Boden hockend, aber es wurde auch viel gekaspert. Es war Sommer. Ich blickte nach oben durch die Fensterreihe im Dach des Bahnhofes, die schon Jahre nicht gereinigt wurde und sah die Sonne durchscheinen. Auf dem Boden reflektierte das Sonnenlicht wie der Lichtkegel mehrerer Taschenlampen. Man hörte die Durchsagen und davor die lustige Melodie, die dieselben ankündigte, „da,da dü, dü,düüü-figelem, figelem".

Bevor wir unser Schließfach opferten, holte ich für jeden von uns beiden noch eine heiße Schokolade aus dem Automaten. „Woll´n wir.", „OK, dann hole unsere Rucksäcke raus." Als ich zum Schließfach ging, sah ich wie Bewegung in einen kleinen Haufen der am Boden sitzenden Ossis kam. Ein besonders schneller Typ kam auf mich losgerannt, „Wirdn das nue frei?" ‚"Ich musste über diesen sächsischen Dialekt innerlich lachen und antwortete, ohne dem Kerl das Gefühl zu geben, dass ich mich lustig machen will, „Nue glei mein Gutster." Der Typ pfiff und machte eine Handbewegung zu seinen Leuten, „Tut doche ma herkomm, nu da wird ens frei." Zwei Mädchen kamen angerannt, „Wirkliche?", Ich sagte: „Nu freilch." Dann ging es sehr schnell. Unsere Rucksäcke waren in einer Zentelsekunde raus und deren ihre drinne. „Danke, Alter, mach es jut." Mona meinte noch: „Na die ham sich ja gefreut, ob das richtig war." „Komm wir fahren jetzt, wie geplant mit dem Bus zur Endhaltestelle, wo dann die Autobahn M1 in Richtung Siofok / Balaton führt.

Bis zur Autobahn dauerte es weniger als eine Stunde. Im Bus hatten wir meist geschwiegen. Dann hielt der Bus, der Fahrer dreht sich zu uns um und rief irgendein quakiges Wort, wahrscheinlich meinte er, raus mit euch. „In den nächsten zwei Stunden müssen wir einen finden, der uns mitnimmt. Dann ist es dunkel." „Und wenn nicht?" Diese Frage war wieder typisch. „Ich denke, dann gucken wir uns hier nach einem stillen Örtchen um. Hier ist doch viel Feld, da können wir uns an den Rand legen.", Ja und früh kommen die Kühe und lecken dich ab." Wenigstens hatte Mona noch nicht ihren Humor verloren. Die Sonne stand imposant wie ein blutroter Kreis am Himmel und war schon bedrohlich gesunken. Ein wenig Angst hatte ich schon, dass wir falschen standen, aber hundert Meter weiter war ein blaues Schild auf dem eindeutig stand: „Siofok -112 Kilometer". Bis jetzt hatte noch nicht einmal ein kurzer Blickkontakt mit den auf die Autobahn abbiegenden Autofahrern bestanden. Es wurde immer bedrohlicher. Als ich schon alle Szenarien im Kopf abspielte, am Feldrand schlafen, wieder zurück zum Bahnhof oder vielleicht besser gleich zur Margareteninsel, hielt ein Kleintransporter an. Mit sehr viel Demut rannten wir auf das Auto zu. Als wir an dem Auto standen fragten wir, wiederum blödsinniger Weise auf Deutsch: „Können sie uns mitnehmen?" Der Typ war ein sehr speckiger Zeitgenosse, wo man sich fragen musste, warum der uns mitnehmen wollte, wo wir doch kein Wort ungarisch beherrschten, also die Aussicht auf eine angeregte Konservation war es nicht, die ihn halten ließ. „Was dann?", fragte ich mich, verwarf aber sofort alle negativen Gedanken. Wir stiegen ihn das nicht Vertrauen erweckende Fahrzeug ein. Mona nahm auf der Rückbank Platz, neben sich unser Gepäck. Ich saß neben dem Fahrer. In dem Auto stank es auch ein wenig nach Essensresten und Schweiß. Als ich vorsichtig den Fahrer musterte, sah ich im Rückspiegel wie Mona fast am einpennen war. Sie überließ mir also das Quatschen und den Schutz. Zu Beschützen gab es bisher nichts, nur das Quatschen oder viel mehr das Nichtquatschen wurde langsam peinlich.

Ich sah, dass der Fahrer, der nur mit einem Unterhemd und einer dreckigen Maurerhose bekleidet war, oben am Himmel des Autos eine Postkarte von Norwegen angeklebt hatte. Ich musste etwas sagen, „Norwegen verry nice." Ich kam mir voll bekloppt vor. Der Fahrer zeigt auf die Karte und zeigte auf sich. Wie ein Affe war jetzt einfaches Reagieren verlangt, „Oh du Norwegen.", Ich zeigte auf ihn und die Karte. Der Fahrer nickte mit Wohlgefallen. „Norwegen kalt." Ich machte eine Geste, als ob ich frieren würde. Der Fahrer machte nun das Gebläse an. „ Verdammt ich friere doch nicht, in diesem Scheiß Norwegen ist es kalt.", dachte ich mir. Immerhin waren wir schon die Hälfte gefahren. Dann hielt der Fahrer, zeigt auf seine Beule in der Hose und sah uns fragend an, dann ging er weg, Gott sei Dank auf eine Toilette. „Du der Typ ist irgendwie nicht ganz normal." „Das ist ein Arbeiter, der hat wahrscheinlich gedacht, dass wir ungarische Tramper sind, die ihn auf dem Nachhauseweg ein bisschen unterhalten." „Hoffentlich hast du recht und wir enden hier nicht auf dem Parkplatz oder in irgendeiner Salamifabrik als Fleischzugabe."

Solche Witze machte Mona sonst eher selten. Wahrscheinlich hat sie doch ein sehr mulmiges Gefühl, noch schlimmer wäre es aber, jetzt das Auto zu verlassen und auf diesen schlecht besuchten und vor allem schlecht beleuchteten Parkplatz zu campieren. Der Fahrer kam wieder zurück, fummelte beim Gehen an seinem Gürtel und stieg ein. „hegasz pulisz", was auch immer das heißen sollte, jedenfalls ging es weiter. Als er weg war, habe ich noch das Gebläse ausgestellt. Der Fahrer sah mich kurz an, als er das mitbekam, reagierte aber nicht weiter darauf.

Wir fuhren weiter durch die Nacht. Ich gähnte mehrfach demonstrativ und legte dann meinen

Kopf an die Fahrertür, stellte mich schlafend, um so der Peinlichkeit des Schweigens aus dem Weg zu gehen. Mit einem Auge nahm ich wahr, dass wir von der Autobahn abfuhren. Kurz hinter dem Ortsschild von Siofok, dem Hauptort des Tourismus am Balaton, hielt der Fahrer, zeigte nach geradeaus und sagte Siofok. Dann deutete er auf draußen. „Mona, wir sind da. Wir müssen aussteigen." Im Gegensatz zu mir hat Mona die Fahrt ganz offensichtlich, trotz ihrer Beklemmungen, gut überstanden. Der Fahrer war in Sekundenschnelle in der Dunkelheit verschwunden. Ich sah noch, dass er nur ein Rücklicht hatte, was mir aber Scheißegal war.

Bis in das Zentrum Siofoks waren noch etwa anderthalb Kilometer zu laufen. Nur erstens war es mitten in der Nacht und zweitens, was sollten wir da. Zehn Meter entfernt war ein einfacher Rastplatz bestehend aus einer überdachten festgezimmerten Sitzgelegenheit mit einem Tisch und zwei fest daran verbauten Sitzbohlen. Wichtiger war, dass dahinter ein Stück saubere Rasenfläche war, die durch die Bäume von der Straße nicht sofort einsehbar war. Dort bereiteten wir unser Nachtlager. Wir kuschelten uns aneinander und schliefen in affenartiger Geschwindigkeit ein. Als wir aufwachten war nicht ganz so viel Verkehr auf der Straße, wie ich gestern Nacht noch befürchtet hatte. Wir rekelten uns, dann verschwand jeder von uns mit ein wenig Papier in verschiedener Richtung im Wald. Irgendwie waren wir noch platt von dem nächtlichen Abenteuer gestern. Dann spielten wir Karten, Mau Mau. „Du, wir haben noch eine Tafel Schokolade, woll'n wir darum spielen?", „Gut, dann mal los." Wir brachen die Tafel in kleine Stücke, um die wir dann spielten. Es gab keinen eindeutigen Gewinner oder Verlierer, was bedeutete, dass der Morgen für Mona und mich eine süße Erfahrung wurde.

Irgendwie hatten wir an diesem Morgen die Arschruhe weg. Dann kam doch ein wenig Abenteuerlust in uns auf. „Freddi, los komm hoch." „Woll'n wir in den Ort?" „Na wozu sind wir denn sonst hierher getrampt." Damit hatte Mona natürlich wieder recht, nur war in mir eine solche Lethargie, dass ich mir schon vorkam wie ein Buddha.

Also liefen wir los. Nach einem Kilometer hatten wir dann plötzlich freie Sicht auf den Balaton. „Sieht fast wie ein Meer aus." Mona und ich waren schon begeistert von dem Anblick diesen großen Sees.

In der DDR war das ultimative Urlaubserlebnis ein Ferienplatz an der Ostsee. Ich war als Kind mal mit den Eltern dort gewesen, Graalmüritz oder so hieß der Ort.

Mir fehlen aber sonst die Erinnerungen daran. Solche Urlaubsplätze waren in der DDR sehr begehrt, was deutlich macht, dass man als DDR

Bürger noch leicht zu begeistern war. Also der Balaton hat uns schon imponiert. Als wir dann in dem Ort waren, kam allerdings Ernüchterung auf. Da war alles, so schien es uns, sehr einfach und nicht besonders einladend. Wären wir ein paar Meter weiter gelaufen, hätte der Trubel, den wir erhofft hatten, auf uns hereingebrochen. Da wir aber nur die paar ersten Häuschen des Ortes sahen und die waren eher bescheidene Hütten, beschlossen wir nicht mit den schweren Rucksäcken weiter zu laufen. An unserem Wendepunkt befanden sich eine kleiner Andenkenladen und ein noch kleinerer Lebens-mittelladen, die sogar für die Mittagsstunde sehr gut besucht waren.

Besonders in dem Andenkenladen, der vollkommen zugeballert war mit allem, was kein Mensch braucht, herrschte regelrechtes Gedränge. Junge Mädchen probierten Ringe aus Plaste auf, die ein kleines Insekt oder den Teil einer Pflanze, in dem Plaste eingeschlossen, durchscheinen ließen. Mona sah sich diese Ringe auch an.

Mona hatte ganz schmale Finger und brauchte immer die fast kleinste Ringgröße. Ihre Füße und Finger auch ihr Po waren sehr mädchenhaft. Ihr großer Ärger war die nicht dazu passen wollende Größe ihrer Waden und Knie. Ich glaube, sie hätte genau gewusst, was sie sich hätte wünschen sollen, wenn eine Fee auf die Idee gekommen wäre, ihre Wünsche zu erfüllen.

Dann überkam mich eine Aufwallung von Übermut. Ich beobachtete den Ständer mit den Ringen und sah, dass einige davon nicht an einem Band daran befestigt waren. Davon abgesehen waren es einfache Moderinge, vielleicht auch Kinderringe, aber ich wollte unbedingt einen für Mona. Die Verkäuferin war völlig überfordert. Ich nahm zwei Ringe aus der Auslage, tat dabei völlig teilnahmslos, betrachtete einen Ring, den anderen behielt ich in der Hand. Dann kam der entscheidende Moment. Ich legte einen Ring wieder zurück, beugte mich runter, täuschte vor, an meinen Latschen die Schnalle enger zu ziehen und schob den noch in meiner Hand befindlichen Ring in meine Socke. „Tja.", dachte ich mir, „Kann man mal wieder sehen, wozu Socken gut sind." Ich zog auch im Sommer und vor allem, wenn meine Jesuslatschen am Fuß waren, immer Tennissocken dazu an. Das sah wohl ziemlich Assi aus, war mir aber, zumindest wenn ich lange Jeans anhatte, vollkommen Wurst. Mona wartete schon draußen. „Wie lange hat denn das wieder gedauert?" „Bin ja da." Sie konnte ja nicht wissen, dass für sie gleich Weihnachten sein wird.

Erstmal war aber wichtig, langsam von diesem Tatort wegzukommen. Wir liefen langsam wieder zurück zu der Stelle, wo wir gestern Nacht angekommen waren. Dann bückte ich mich und holte heimlich den Ring aus der Socke. „Mona gucke mal, was dir der Weihnachtsmann gebracht hat." Mona guckte auf den Ring, wie eine Kuh auf ihren eben geschissenen Fladen. Diese Zufriedenheit oder Freude konnte man bei Mona schnell erreichen, wenn man sie mit etwas beschenkte. Sie freute sich sehr gerne und lange über Geschenke. „Hast du den geklaut?", fragte sie zielsicher. „Na, geborgt habe ich ihn mir nicht." Mona sah den Ring genau an, setzte ihn auf, setzte ihn wieder ab, hielt ihn gegen das Licht, setzte ihn wieder auf und schien zufrieden. „Hättste aber nicht machen brauchen, wenn die dich geschnappt hätten, wärste in Knast gelandet." „Du hast recht, ich bring ihn lieber wieder zurück." „Du Blödei, das wäre ja erst recht dämlich."

Trotzdem nun die allgemeine Zufriedenheit bei uns eingekehrt war, mussten wir Pläne schmieden. „Freddi, wars das jetzt mit Balaton?", „Ne, aber hier ist Scheiße, lass uns auf die andere

Seite trampen nach Balaton Füred.", „Und was is da?" „Da ist es vielleicht schöner und wir können mal rein in die große Balatonbadewanne." „Gut, du kannst ja schon mal anfangen zu trampen, ich lege mich ein bisschen hier ins Gras."

Da stand ich also wieder an der Straße, hielt den Daumen kunstvoll abgespreizt, als unmiss-verständliches Zeichen in die Luft. Immer, wenn ein Auto kam, wurde noch zusätzlich der ganze Arm in rhythmische Schwingung versetzt. Die Voraussetzungen für ein erfolgreiches Trampen waren von meiner Seite erfüllt. Nun sollten endlich die bekackten Autos anhalten, war aber nicht. Mona beobachtet im Gras liegend amüsiert meine erfolglosen Versuche. Gerade als sie wieder einen Witz loslassen wollte, passierte das Unglaubliche. Es hielt nicht nur irgendein Auto, ne, es hielt ein absoluter super Sportwagen, Cabrio. Ich hatte gerade noch Zeit, um Mona zu rufen und mit „Siehste!" zu triumphieren. Der Autofahrer war ein noch relativ junger Kerl, ein Ungar. Er sah zu uns quakte irgendwas Ungarisches, die Stimme passte absolut nicht zum Auto, irgendwie weibisch. Egal. Mona hatte die Situation schneller als ich erfasst, „nach Balaton Füred?" „Ohhh, no Veszprem!" Ich wusste, dass Veszprem genau die Hälfte des Weges war, also rief ich laut: „OK, Thank you!"

Komisch, obwohl ich keine Ahnung von der englischen Sprache hatte, in der Schule war Russisch erste Fremdsprache, versuchte ich immer wieder meine Wortfetzen an den Mann zu bringen. Wir stiegen also in diesen gelben Flitzer, das Modell kannte ich nicht, glaube aber, es war ein BMW. Mona durfte vorne sitzen, diesmal nahm ich hinten mit dem Gepäck Platz. Der junge Kerl war ein Poser. Mona und ich waren froh, als wir uns Veszprem näherten, ohne einen Unfall erleiden zu müssen.

Während der Fahrt, wenn die Angst uns kurz verlassen hatte, erhaschten wir einen Blick auf diesen riesigen See. Man konnte Segelboote erkennen und ich sagte zu mir selbst, „Das wäre ein richtiger Urlaub." Dann waren wir da und durften das Auto verlassen. Mona hatte während der Fahrt auch kein Wort gesprochen, nur nach vorne gestarrt und wahrscheinlich leise gebetet. Der Poser legte eine fulminante Drehung hin und fuhr wieder zurück in Richtung Siofok. „Wahrscheinlich hat der sich das Auto bei einem reichen Wessi ausgeliehen und sucht nun Bewunderer" „Ja, da hatte der aber mit uns Pech."

Der Ort, an dem wir uns jetzt befanden, sah noch dörflicher aus. Wir wollten uns das gar nicht weiter anschauen. „Freddi, bleiben wir hier und warten, dass sich wieder jemand unserer erbarmt?" „Noch ist es doch nicht so spät. Wir könnten, wenn in der nächsten Stunde jemand anhält, so gegen achtzehn Uhr am Ziel sein, um noch bei

Licht einen Schlafplatz zu finden." Diesmal dauerte es gar nicht lange und es hielt ein normales Auto, ein Lada. Es war ein Pärchen so um die vierzig Jahre alt. Mona fragte: „Balaton Füred?" Die Frau meinte: „igem, igem." Dies hieß wohl „Ja". Der Mann sprang sogar aus dem Auto, öffnete den Kofferraum und schmiss unser Gepäck hinein.

Diesmal saßen wir beide hinten und hofften in Ruhe gelassen zu werden. Nur diesmal drehte sich die Frau ständig zu uns um und faselte irgendwas auf Ungarisch. Als ich mitbekam, dass diese Frau so wie wir kein Wort ungarisch konnten, ebenso kein Wort Deutsch verstand, antwortete ich auf ihre ungarischen Fragen mit vollkommenen zusammenhanglosen Blödsinn. Der Diskurs stellte sich wie folgt dar: ungarische Frau: „Hula bul bum bum igeschmesch?" Ich antwortete: „Torte im Sand kauft Wurst!"

Kaum zu glauben, aber diese Art der Unterhaltung, die durchaus mehr Inhalt hatte, als ich oft erleben musste, ging eine ganze Weile. Dann gab die Frau auf. Es waren noch vier Kilometer bis Balaton Füred, als sich die Frau wieder zu uns umdrehte und so etwas wie: „algerscheym?" Mona war völlig perplex, denn sie hatte angenommen, dass erste deutsche Wort gehört zu haben. Mona sah fragend nach vorne und wiederholte ihrer Meinung nach: „Altersheim?" Dann kam Leben in die Ungarin, die plötzlich erfreut nickte und wiederholte: „algerscheym!". Ich sagte zu Mona: „Wir wollen doch noch nicht ins Altersheim, oder?" „Ne, das hatte ich eigentlich noch nicht vor. Wir müssen echt beschissen aussehen."

Mona und ich bekamen einen Lachkrampf, was natürlich sehr peinlich wurde. Wir konnten uns kaum angucken und mussten schon lachen. Wir versuchten alles, um nicht lauthals loszubrüllen.

Es war unglaublich schwer, diesen Lachkrampf zu überstehen. Uns liefen die Tränen über die Wangen, der Bauch begann schon wehzutun. Letztlich waren wir froh, dass wir aus dem Auto regelrecht rausgeschmissen wurden. Die beiden freundlichen Ungarn haben bestimmt gedacht, die beiden Deutschen sind vollkommen bekloppt. Wahrscheinlich haben wir dieses Ungarnpärchen für kommende deutsche Tramper aus dem Spiel genommen. Ich kann mir nicht vorstellen, dass die nochmal einen Tramper mitnehmen. Immer noch lachend standen wir dann im Ort Balaton Füred. Diesmal vor einem Hotel. „Ist das vielleicht das Altersheim?" Mona konnte noch immer nicht mit dem Lachen aufhören. „Woll´n wir mal in das Hotel reingucken?", fragte ich. „Da schmeißen die uns nur wieder raus." , „Lass uns mal reingehen.", „Naja, vielleicht schaffe ich es aufs Klo."

Als wir drinne waren, umgab uns der typische Ostcharme. Alles sehr einfach, funktional, schmucklos. Aber es gab ein Klo auf dem Mona sofort verschwunden war. Ich wartete bei den Rucksäcken. Keiner nahm Notiz von uns. Hinter dem Tresen an der Rezeption war zwar eine Frau in einem blauen Kostüm, die guckte aber kaum einmal hoch. „Und, wie wars?" „Musst du nicht?" „Doch." Als ich wiederkam, stand Mona in der Nähe der Rezeption, wo ein kleiner Laden war, der allerhand Folklore anbot. Wir sahen uns das Zeug an, Decken mit Motiven vom Balkan oder so, Bildchen vom Balaton, allerhand Mitbringsel. „Gucke mal, die sind wirklich schön.", Mona zeigt auf zwei Tonkrüge. Das waren wohl kleine Weinkaraffen. „Ja, die sehen wirklich nicht schlecht aus so ohne Glasur und nur mit weißen Ornamenten drum rum." „Freddi, frag mal, was die kosten." Ich fragte. „Du die kosten gar nicht mal so viel. Pro Krug fünf Mark.", „Weißt du, die können wir als Mitbringsel aus dem Urlaub für

meine und für deine Eltern mitbringen." „Gut,
wenn du meinst. Hoffentlich bekommen wir die
heil mit zurück." Also kauften wir die Krüge. In
das Innere stopften wir alte Socken von uns hinein und wickelten sie dann in ein paar dreckigen
Klamotten ein. Urlaub und Mitbringsel, das hörte
sich so nach Normalität an, wovon wir im nächsten Moment wieder meilenweit entfernt waren.
„Hast du schon ne Ahnung, wo wir heute schlafen werden, Freddi?" „Ne, komm wir gucken uns
ein bisschen um. Wir liefen mit den schweren
Rucksäcken in Richtung Ortskern, der aber bestimmt noch einen Kilometer entfernt war. Erst
kamen wir an einer Kaufhalle vorbei, die aber
schon zu hatte. Nicht weit von der Kaufhalle
führte ein schmaler Pfad in eine Gartensiedlung.
Ein wenig abseits von dem Pfad war ziemlich ho-
hes Gras. Man konnte absolut niemanden sehen, der dort im Gras lag. „Mona, ich trete mal
das Gras nieder, dann können wir heute Nacht
unsere Schlafsäcke hier ausbreiten." „Schlechter

als auf der Margareteninsel kann es bestimmt nicht sein. Also gut, Freddi." Es war noch zu früh, um sich hinzulegen, deshalb gingen wir nochmal weiter in den Ortskern. Bevor wir losliefen, merkten wir uns diesen Platz ganz genau. Dann liefen wir gemächlich los, waren aber schon nach kurzer Zeit in einem Park gelandet. Dieser Park ähnelte im Kleinen der Anlage auf der Margareteninsel, also Spielplatz, Rasenfläche und ein Gaststättenkomplex. Die Gaststätte zog uns magisch an. Über den im Freien sich befindlichen Tischen waren bunte Lampen gespannt, die mit der eintretenden Dunkelheit immer imposanter aussahen. An der rechten Seite der Eingangstür zum Inneren der Gaststätte war eine kleine Bühne aufgebaut, auf der eine kleine Zigeunerkapelle Musik machte. Es war typisch ungarische Volksmusik, zumindest so wie ich sie mir vorstellte. Ein klein gewachsener Mann aus dieser Kapelle verließ ab und zu die Bühne und ging zu den Tischen, um dort mit seiner Geige zu stören, wie ich fand. Sollte wohl romantisch sein und war es vielleicht auch vor tausend Jahren. Ich beobachtete auch, dass die bevorzugt von dem Typen angesteuerten Pärchentische ab und zu genervte Gesten machten und dem Musiker sehr höflich zum Weitergehen aufforderten. Wenn so ein Heini mit seiner Geige beim Essen herumfidelt und dir dabei fast ein Auge aussticht, das ist absolut nicht romantisch.

„Nicht mal so teuer.", Während ich das Treiben vor der Gaststätte beobachtete, hatte Mona schon die Preise für das Essen inspiziert. „Kesselgulasch, die Portion für vier Mark, eine Cola eine Mark fünfzig, das geht." Ich war froh, dass mein kleines Mönchen sagte: „Los, wir essen was." Der Kellner kam sehr flott und nahm die Bestellung auf, zwei Kesselgulasch, zwei Cola. Der Kesselgulasch kam auch sehr zügig und wurde in einem kleinem Kupferkessel, der auf dem Tisch aufgestellt wurde, serviert. Leider entwickelte sich nun ein kleines Streitgespräch zwischen mir und Mona. Beschwingt von der Atmosphäre des Abends und auch leicht euphorisch, quatschte ich rum von das Leben genießen und so weiter. Mona war da pragmatischer. „Wenn wir satt sind, gehen wir." Nun kam mein Trotzkopf zum Vorschein, „wenn ich aber noch Hunger habe?!", „Du hast doch keinen Hunger mehr. Iss doch noch eine Weißbrotscheibe." „Ne, ich will noch eine Pilzsuppe essen.", „Blödsinn. Da sparen wir uns in Budapest jeden Bissen vom Munde ab, um irgendwelche Sachen mit nach Hause zu holen und du schmeißt hier das Geld zum Fenster raus."

Jetzt war ich völlig trotzig. Ich winkte den Kellner und bestellte noch eine Pilzsuppe. Mona sah wütend zu Boden. Ich sah Mona überhaupt nicht. Dann kam die Pilzsuppe. Nach zwei Löffeln musste ich im Inneren Mona recht geben, ich war satt. Ich stocherte in der Suppe rum und schaffte maximal die Hälfte. „Willst du noch?" fragte ich Mona, aber die zeigte mir nur einen Vogel. Der Kellner kam und kassierte ab und zu allem Überfluss mussten wir feststellen, dass die Rechnung wegen der Musikkapelle höher ausgefallen war. „Eh komm, lass uns nicht streiten."

An diesem Abend hat sich Gott sei Dank noch alles wieder zwischen uns eingerenkt. Wir fanden auch unsere Stelle im Gras, legten die Schlafsäcke hin und platzierten die Rucksäcke am Kopfende. Wir kuschelten auch noch ein wenig, dann waren wir, wie so oft auf dieser Tour, fest eingeschlafen. Beim Einschlafen hörte ich noch in der Nähe einen Hund bellen, egal. Nicht egal waren die vielen Mücken in dieser Nacht.

Die Nacht wurde gegen frühen Morgen sehr unangenehm. Wahrscheinlich hatten sich alle Mücken des Balaton gegen uns verschworen. Es war der Wahnsinn. Die erste Zeit schlugen wir uns auf alle Körperstellen, wo wir eine Mücke vermuteten. Besonders lästig waren die Mücken, die sich den Kopf als Angriffsstelle ausgesucht haben. Man hörte erst das penetrante Summen, dann war plötzlich Ruhe und im nächsten Moment stach die Mücke auch schon. Wir machten uns ganz klein und zogen den Schlafsack, den wir ausgebreitet als Oberdecke benutzten über unsere Ohren. Es durfte kein bisschen Fleisch unter der Decke hervorgucken.

Gegen acht Uhr morgens gaben wir den Kampf auf. Als wir uns ansahen, konnte jeder beim anderen die Spuren der Nacht in Form von aufgekratzten Hautstellen erkennen. „Wer hat nur diese saudämlichen Mücken erfunden? Die sind so unnötig wie ein Furunkel am Arsch." Mona packte schon die Sachen zusammen. „Nur weg hier. Auf keinen Fall noch eine solche Nacht."

Unser Plan zwei Nächte am Balaton zu bleiben, war schon wieder hinfällig. „Also trampen wir zurück?" „Ne, wer zwei Suppen fressen kann, der hat auch Geld für einen Zugfahrschein." Mona hatte also meine gestrige Eskapade noch nicht vergessen. „Jetzt gehen wir zu der Kaufhalle da vorne und holen uns was fürs Frühstück, vor allem holen wir eine Flasche Wasser, damit wir uns die Zähne putzen können. Ein Klo wird auch langsam notwendig." Ich musste auch mal dringend pinkeln und verzog mich in das hohe Gras. Die Mücken nahmen sofort wieder den Angriff auf. Schlimmer erging es Mona, die ihrer Natur gemäß, sich mit vollkommen entblößtem Hintern hinkauern musste. Ihr wunderschöner weißleuchtender Popo war wie eine große Zielscheibe für die Armee der Mücken. Mona sagte nichts als sie aus dem Gebüsch kam. Erst auf der Straße kratzte sie sich und murmelte voller Verachtung, „Scheißmücken."

Vor der Kaufhalle war draußen eine Sitzgelegenheit mit einem kleinen Tisch. In dem Laden gab
es das Übliche. Wir holten auch das Übliche,
diesmal aber drei Sorten Schmelzkäse und dazu
noch kleine Butterstückchen wie aus nem Hotel
und kleine Portiönchen Marmelade und Honig.
Alles war relativ entspannt. Wir ließen uns mit unserem Frühstück sehr viel Zeit.

Dann gingen wir zum Bahnhof, den wir gestern
im Vorbeifahren schon entdeckt hatten. „Gott sei
Dank, es gibt einen Bahnhof. Nochmal trampen
wäre echt zu viel des Guten." „Mona, nicht so optimistisch. Wir müssen erstmal gucken, ob heute
überhaupt ein Zug fährt. Was haben wir überhaupt für einen Tag?" „Freddi, wir haben Mittwoch. Am Freitagabend, gegen siebzehn Uhr
fährt unser Zug nach Hause." Ich glaube, Mona
hat schon manchmal den Tag der Rückfahrt her-
beigesehnt, deshalb wusste sie sofort Bescheid.

Der Bahnhof sah total verlassen aus. Vor dem Fenster des Kassenhäuschens mit den massiven Gitterstäben, als ob dahinter Goldklumpen lagen, war eine dichte Gardine vorgezogen. Nachdem wir aber mehrfach Hallo riefen, öffnete sich die Gardine und eine alte schrumplige Frau sah uns an. Ich kam mir vor wie in einem russischen Märchen. „Wann Zug nach Budapest?" Ich hoffte, dass die Frau mit „Budapest" und meinem Fingerzeig auf die Bahnhofsuhr was anfangen konnte. Zu unserem Erstaunen sprach die Alte plötzlich Deutsch. „Wann sie wollen fahren?", „Heute.", „Nun heute erst Abend Zug nach Budapest.", „Wann?", „Einundzwanzig Uhr vierzig." „Und wann sind wir in Budapest?" „Jo, nu seien früh in Budapest. Ist langsam Zug mit Pause." „Und wie viel kostet ein Fahrschein?" „Für eine zweiundzwanzig Forint." „Eh, das sind drei Mark und ein paar Zerquetschte." sagte ich zu Mona. „Los, kauf zwei Fahrscheine. Die Zugfahrt kann gar nicht lange genug dauern. Da können wir pennen und keine Mücken." Ich sagte: „zwei Fahrscheine bitte" und legte das Geld auf den beweglichen Teller. Die alte Frau dreht den Messingteller auf ihre Seite hinter den Gittern, ging kurz weg und kam mit den Fahrscheinen wieder. Dann zog sie mit geübter Handbewegung den Vorhang wieder zu, das Kino war geschlossen.

An diesem Tag war es wieder unverschämt warm, eigentlich schon richtig heiß. Ich kann mich nicht erinnern, dass es in diesem Sommer überhaupt mal schlechtes Wetter gab. Die Sonne stand schon ziemlich hoch, als wir uns endlich aufrafften und zum Ufer des Sees pilgerten. Dieser hatte schon was. Man sah mit Mühe das gegenüberliegende Ufer, also Siofok, wo wir noch gestern waren. An unserer Uferseite reichte uns das Wasser nach ungefähr zehn Metern bis zur Brust. Auf der anderen Seite, hatten wir beobachtet, konnte man elendig lange ins Wasser hineinlaufen und hatte immer noch Grund. Außerdem waren auf der anderen Seite des Balaton, der Südseite, doch viel mehr Badegäste als auf unserer Seite. Trotzdem schien mir der See ein totes Gewässer zu sein. Mona war nicht so die Wasserratte, ließ es sich aber nicht nehmen, mit mir ein wenig im Wasser rumzukaspern. Völlig außer Atem legten wir uns dann auf den ausgebreiteten Schlafsack, der als Decke diente und schon einen nicht mehr taufrischen Geruch verbreitete. Als wir unsere Körper betrachteten sahen wir eine Million Mückenstiche. „Das gibt doch bestimmt Narben", meinte Mona. „Ich glaube nicht, die Haut wächst doch wieder zu, oder?" Eigentlich war es mir auch ziemlich egal, ob nun Narben oder nicht. Im Moment waren wir zufrieden. Heute Abend würden wir wieder zurück in die große Stadt fahren.

Es war irgendwie sonderbar, obwohl wir unsere Tage in Budapest wie die Penner verbracht haben, sehnte ich mich nach diesem Treiben zurück. Ich bin wohl eher der Großstadttyp. Der Abend kam, wir aßen Hörnchen mit Schmelzkäse zum tausendsten Mal. Wie gern hätte ich jetzt die Pilzsuppe von gestern Abend. Es wurde immer dunkler. Als wir eine halbe Stunde vor Abfahrt des Zuges am Bahnhof ankamen, mussten wir feststellen, dass noch kein Zug da war. Als die Zeit der Abfahrt heranrückte und immer noch kein Zug da war, hatte ich schon die Befürchtung, dass die runzlige Fahrkartenfrau heute auf unsere Kosten essen gehen wird. Am Kassenschalter saß schon lange niemand mehr. „Die hat uns doch voll über den Nuckel gezogen." „Warte es noch ab. Der Zug kann ja immer noch kommen." Ehrlich gesagt, glaubte ich nicht mehr so recht daran. Mittlerweile wäre schon Abfahrt gewesen. Dann ertönte plötzlich eine Lautsprecheransage, noch quakiger als sonst und ein Zug fuhr ein. Allerdings aus der falschen Richtung kommend. Ein Schaffner stieg aus, „Fährt der nach Budapest?" „igem!" Dieses Wort konnte ich als eines der einzigen ungarischen Worte als „Ja" übersetzen. „Mona, komm wir müssen rein, der fährt gleich weiter nach Budapest.", Mona war sich nicht sicher, „wirklich?" „Ja, komm, schnell."

Dann saßen wir im Bummelzug nach Budapest. Das war zwar keine lange Strecke, aber wir brauchten dennoch die ganze Nacht dafür. Ob das planmäßig immer so lange dauerte, wusste ich nicht. Jedenfalls standen wir für über vier Stunden auf der Strecke. Mona und ich saßen uns gegenüber, sie in Fahrtrichtung ich entgegen. Diagonal versetzt saßen sich zwei junge ungarische Typen gegenüber. Der eine von den beiden, der mir sein Gesicht zeigte, war eine richtig starke Erscheinung, pechschwarze lange Haare, strahlendweiße Zähne, braungebrannte

Haut und in hautenge Jeans gekleidet. Diesen Typen umgab so etwas wie Hollywood. Ich musste ab und zu heimlich rüber schauen. So ein Typ hatte bestimmt keine Probleme und schon gar nicht mit Weibern. Ich war über mich selbst ein wenig erstaunt, dass ich einen Typen attraktiv fand, wo ich doch absolut nicht ansatzweise schwul war.

Immerhin konnten wir im Zug ein wenig schlafen, ohne dass uns Mücken wieder zu ihren Opfern machten. Sehr früh am Morgen fuhren wir in „unseren" Bahnhof ein. Die Chancen auf ein Schließfach müssten doch eigentlich gut sein, dachten wir. Als wir dann vor den Schließfächern standen mussten wir erkennen, dass wieder kein Schließfach frei war. „Heute Abend fährt doch so wie so unser Zug in die Heimat." Mona schien darüber sehr erleichtert zu sein. „Ja, aber wollen wir bis heute Abend hier auf dem Bahnhof rumgammeln?"

„Nein, wir haben ja noch ein paar Forint, die wir loswerden müssen. Ich schlage vor, wir fahren mit der Bahn bis zur Mitte der Hauptstraße und gehen von da in das Nobelviertel und dann langsam zurück Richtung Bahnhof." „Aber ist dir der Rucksack nicht zu schwer?" „Na eben deshalb die halbe Strecke mit der Bahn.", „Gut, na dann los.", „Ne, erstmal einen heißen Kakao, Freddi."

Der Kakao tat gut. Wir liefen mit den schweren Rucksäcken los. Nach zweihundert Metern blieb Mona vor einer Drogerie stehen, „Du gucke mal, das ist doch dieses Apfelshampoo." Dieses Shampoo wurde in der DDR hoch angepriesen. Mussten wir also haben. Leider war die Plasteflasche nicht sehr weich und der Verschluss instabil, wie wir während der Rückfahrt noch erfahren sollten. Dann sahen wir einen Roll on der Westmarke Rollo Fix 8x4.

Diese sogenannten Gestattungsprodukte, die in den Betrieben des Ostblocks, verteilt auf die einzelnen Länder, hergestellt wurden, waren sehr beliebt, aber auch relativ teuer. Von meiner kriminellen Leistungsfähigkeit, die ich ja schon erfolgreich am Balaton beweisen durfte, war ich überzeugt. Ich fasste also den Plan, diesen Roll on zu klauen. Mein Plan war nicht kompliziert, warten, beobachten, einstecken, raus. Alles kein Problem, um diese Zeit rechnete man wahrscheinlich nicht mit Ladendieben. Ich sagte nichts zu Mona. Wir gingen ganz langsam weiter und als wir, wie ich dachte in Sicherheit waren, holte ich den Rollo Fix aus der Tasche. Mona staunte nicht schlecht, schien aber sehr erfreut und vor allem wollte sie das Teil haben. Ich hatte den ja sowieso für das kleine Mönchen geklaut. Ich tat aber albern so, als ob ich ihn behalte wollte. Ich verlangte ein Lied dafür von Mona und Mona sang: „Schenk mir doch den Rollo Fix, den Rollo Fix wünsch ich mir doch so sehr…", ich sang schließlich mit. Wir waren herrlich albern. „Da!" Sie nahm ihn an sich und musste immer noch lachen. Nach zehn Metern kam wieder so ein staatlicher Plattenladen, dieser war so eine Kombination mit Schreibwaren. Ich wollte erst gar nicht hineingehen, aber jede Möglichkeit, die schweren Rucksäcke abzusetzen, wurde genutzt. Dann sah ich sie, die Beatles Platte „A Hard Days Night", die Musik zu eben diesen Beatles Film. Der Preis war lächerlich, umgerechnet 20 Mark. Ich war ganz eckig vor Freude. Ein Problem war es diesen Schatz im Rucksack sicher zu verstauen, was mir aber gut gelang. „Mensch, heute ist ja Weihnachten.", dachte ich mir. Mona blieb unbeeindruckt. Sie mochte zwar die Beatles, war aber kein Plattenfreak. Die Beatles waren zwar nicht meine Lieblingsgruppe, aber die LP war eine gute Wertanlage oder ein gefragtes Tauschobjekt. Im Gedanken stellte ich mir schon vor, wie ich sie gegen eine Platte von den Stones tauschen würde.

Noch ein Kilometer Latscherei und wir standen im Zentrum des Nobelviertels. Ganz unerwartet begann es plötzlich leicht, dann immer stärker, zu regnen. Dieser Platz, wo wir uns befanden, war von pompösen gewaltigen Verwaltungsgebäuden umgeben. Wir rannten zu einem dieser Prachtbauten und gingen hinein, um uns unterzustellen. Im Eingangsbereich war eine gewaltige Treppe von vier großen Säulen flankiert. Dort waren auch rechts und links zwei Betonbänke, auf denen wir es uns gemütlich machten. Obwohl viele Kravattenäffchen an uns vorbeiliefen, forderte uns keiner auf, das Gebäude zu verlassen. Entweder sahen sie uns nicht richtig hinter der Säule oder wir waren für diese Menschen schon so unwichtig, dass man uns gar nicht mehr wahrnahm. Uns war es recht, hier war es trocken. Wir saßen ganz eng. Mona schmiegte sich an mich und wir sprachen über uns, unsere Zukunft und ob es ein gebe kann. Wir beantworteten diese Frage beide mit einem optimistischen

Ja, obwohl die letzten Tage uns ziemlich an das Ende unserer Beziehung gebracht haben. Wir waren aber immer noch zusammen, saßen hier engumschlungen, fern der Heimat. Es war einer der romantischsten Momente meines bisherigen Lebens, obwohl an sich gar nichts Besonderes passiert ist. Langsam wurde es spät und es war noch ein langer Weg zurück zum Bahnhof. Wir gingen den Weg mit unseren schweren Rucksäcken zurück. Ab und zu wurde uns bewusst, dass bald alle Strapazen vorbei sein würden, aber eben auch diese einmalige Tour im Sommer neunzehnhundertachtzig.

Am Bahnhof angekommen, stand der Zug schon da, obwohl es noch fast zwei Stunden bis zur Abfahrt waren. Diesmal haben wir ein Abteil gefunden, wo schon ein anderes Pärchen sich eingerichtet hat. Die beiden hatten auch keine Sitzplatzreservierung und behaupteten, dass dies für diesen Zug auch nicht möglich sei. „Endlich ohne

Panik zurückfahren." Mona war heilfroh, denn die Hinfahrt war ja wirklich sehr belastend.

Die Rückfahrt verlief auch ohne Komplikationen. Mona wurde zwar vom deutschen Zoll gefilzt und musste ihren Rucksack im Abteil auspacken, aber die feiste Zollfrau sah wohl ein, dass bei uns nichts zu holen sei und war während der Kontrolle eher gelangweilt, brach sie dann auch wortlos ab und ging weiter. „Blöde Kuh!" murmelte Mona und packte ihre Sachen wieder ein.

Wir kamen pünktlich zuhause an. Vom Bahnhof aus liefen wir los in Richtung unserer Zuhause. Schade, dass wir keine eigene Wohnung hatten. Nie habe ich das so bedauert wie in diesem Moment. Dann kamen wir an meiner Wohnung an, die nicht sehr weit von Monas Wohnung lag. Mona musste nur zehn Minuten weiter durch die Stadt gehen.

Wir standen an meiner Eingangstür, sahen uns an und dieser Moment hatte alles in sich, Traurigkeit, Stolz, Angst, Unsicherheit. Wir haben in den letzten Tagen jede Sekunde miteinander gelebt und es war Leben. Jetzt war etwas vorbei und instinktiv spürten wir, dass wir etwas gemacht haben, was man meist nur einmal im Leben macht und manche tun es gar nicht, tun nie etwas. „Sehen wir uns heute Abend?" fragte ich Mona. „Erstmal ausschlafen, ich ruf dich dann an." Ich sah ihr hinterher, sie ging um die Ecke. Ich war nun allein und wäre am liebsten hinterhergelaufen.

Nach einer kurzen Weile ging ich die Treppe hoch, schloss die Tür auf. Meine Mutter war da, leider auch mein Vater.", „Tag.", Mein Vater sagte: „Willst du so morgen bei der Armee antanzen?" „Meine Mutter: „Die Haare hättest du dir aber wenigstens schneiden können. Heute ist Sonntag und Morgen musst du schon um zehn bei denen antanzen.", „Ich gehe morgen früh noch zum Frisör."

Dann ging ich in mein Zimmer, legte mich aufs Bett, stellte vorher den Rucksack, den ich so verflucht habe, fast liebevoll in die Ecke. Ich sah an die Decke, war allein und hoffte auf den Anruf, von dem ich nicht wusste, ob er kommt.

Zeitfracht Medien GmbH
Ferdinand-Jühlke-Straße 7
99095 Erfurt, Deutschland
produktsicherheit@kolibri360.de